KB268011

마스터 K 1

김광수 현대 판타지 장편 소설

초판 1쇄 찍은 날 § 2012년 11월 13일
초판 1쇄 펴낸 날 § 2012년 11월 19일

지은이 § 김광수
펴낸이 § 서경석

편집부장 § 권태완
편집책임 § 어정원

펴낸곳 § 도서출판 청어람
등록번호 § 제1081-1-89호
등록일자 § 1999. 5. 31
어람번호 § 제1-1488호

주소 § 경기도 부천시 원미구 심곡2동 163-2 서경B/D 3F (우) 420—822
전화 § 032-656-4452 팩스 § 032-656-4453
http://www.chungeoram.com
E-mail § chungeorambook@daum.net

ⓒ 김광수, 2012

ISBN 978-89-251-3074-3 04810
ISBN 978-89-251-3073-6 (세트)

마스터 K

1

김광수 현대 판타지 장편 소설

CONTENTS

작가의 말

벌써 10년이 흘렀습니다.

10년이면 강산도 변한다고 합니다.

강산이 변했을까요?

아직은 잘 모르겠습니다.

첫 작품 프라우슈 폰 진부터 시작하여 10년의 세월이 흘렀습니다.

그리고 이번에 열 번째 작품인 마스터 K를 출간하게 되었습니다.

어린 시절 단 한 번도 꿈꾸지 않았던 글을 쓰며 사는 삶.

지난 10년 동안 많은 일이 있었습니다.

글속의 주인공처럼 기쁘고, 즐겁고, 힘들고, 슬펐던 세월들…….

문득 이런 생각이 스쳤습니다.

글쟁이나 독자들이나 모두 다 자신의 인생에서는 주인공이란 사실.

알고는 있지만 잊어버리고 살게 되는 당연한 진리.

　가을바람에 우수수 집 앞에 서 있는 나무들이 잎을 떨굽니다. 겨울이 오는 소리입니다.
　그리고 그 겨울 뒤에 찾아올 또 다른 봄을 기약하는 제 마음의 소리도 들립니다.
　이런 추위 끝에 희망과 미래가 함께 실려 오기 때문에 다시 한 번 힘을 내며 사는 듯합니다,
　어디선가 본 듯한 문구가 떠올랐습니다.
　"무지개가 아름다운 이유는 잡을 수 없기에 그런 것이다."

　비록 모든 사람이 품은 꿈을 이루며 사는 것은 아니지만, 그 꿈을 품고 살아가고 있다는 것 자체만으로 사람의 삶은 아름답고 위대하단 생각을 했습니다.
　저는 오늘도 꿈을 꾸고 있습니다.
　10년이 흐르는 동안에도 저의 한참 부족한 꿈에 동행해주고 계시는 보이지 않는 곳의 판타지 독자님들께 또 다른 꿈을 선물하고 싶습니다.

가을이 깊습니다.

아름다운 꿈꾸기를 소망하며 이번 작품을 출판할 수 있도록
해주신 청어람 출판사와 서경석 대표님, 그리고 편집자님들께
감사함을 전합니다.

그리고 사랑하는 나의 가족과 할머니, 저 하늘의 별들.
천지를 가득 메운 모든 진실들에도 감사함을 전합니다.

2012년 11월
가을과 겨울의 경계에서 봄을 기다리며

— 파주 헤이리에서 글쟁이 김광수.

제1장
그때 그날들
마스터K

타다다다다— 타다다다다닥.

치이이이익— 치이이이이이익.

화르르르르르르— 화르르르르르르르르.

재질이 단단한 영업용 느티나무 도마.

그 위로 현란하고 빠르게 공간을 가르는 야채용 편도.

달궈질 대로 달궈진 중식 프라이팬.

200도에 가까운 고온에서 화끈하게 볶아지는 마늘과 대파,
생강 그리고 청주.

불맛이라 말들 하는 중화요리 특유의 맛.

그 맛을 내기 위해 독주로 만들어내는 화려하게 춤추는 붉
은 불꽃.

"경도해삼, 금사오룡해삼 주문이오!"
"오케이! 민아~ 경도해삼 하나. 성철이는 금사오룡해삼."
퇴근 시간이 코앞인데 주문이 미친 듯이 밀려 들어왔다.
'막판에 뽕을 뽑아라!'
지난 2년간 정들었던 북경루.
속초와 인근 설악산 관광지에서 가장 유명한 이곳의 주방.
타다다다닥.
마음과 달리 손은 매력적인 여인을 태운 스포츠카처럼 빠르게 움직였다.
중화요리처럼 푸짐하고 먹을 것 있어 보이는 음식은 재빠르게 조리해 내야 했다.
설거지거리가 어마어마한 데다 하나부터 열까지 정성이 장난 아니게 좌우하는 한정식.
항상 물고기의 뼈와 살을 가르며 살생의 번뇌와 씨름하게 되는 일식.
느끼한 치즈와 버터, 소고기가 주를 이루는 양식들과 확연히 비교되는 중화요리의 삼대 특징.
신속, 화끈, 푸짐.
빠르고 화끈하게 조리되는 푸짐한 중식 요리는 일식, 한식, 양식을 비롯, 심지어 복어조리 자격증을 갖고 있는 나와 가장 잘 맞았다.
한여름에는 주방에 휘도는 불길에 육수를 비 오듯 쏟아내기도 하지만 그런 뜨거움이 좋았다.

정신없이 분초를 다투며 불과 씨름하고 맛보는 불짬뽕의 얼큰하고 매콤한 맛.

세상 그 무엇과도 비교할 수 없는 찐하고 칼칼한 시원함의 그 맛이었다.

뜨거움을 화끈함으로 제압하는 이치.

타다다다다다닥.

깨끗하게 손질된 해삼과 표고버섯, 셀러리, 청고추, 죽순, 홍고추, 대파, 당근, 돼지고기를 길이 4센티, 폭 2센티 정도의 납작 썰기로 조졌다.

촤르르르르.

이어 팔팔 끓는 물에 빠르고 신속하게 살짝 데쳐 낸다.

중화요리의 생명은 화끈한 불로 볶아내면서 특유의 재료 맛을 살리는 데 있다.

치이이이이익.

고추기름을 달궈진 팬에 두르자 화끈한 열기가 후끈 치솟았다.

'남자의 생명은 화끈함(?) 아니겠어! 흐흐흐.'

중화요리 주방은 불로 시작해서 불로 끝나는 곳.

차가운 물의 기운이 대부분인 일식집과 달리 중화요리는 불꽃의 마술이라 해도 과언이 아니다.

그런 북경루 주방에서 난 불의 신이었다.

후르르르르.

홍고추를 먼저 넣고 볶다가 대파와 마늘, 생강과 청주를 넣고 특유의 향을 만들어낸다.

그리고 데쳐 놓은 재료들을 빠르게 큼직한 후라이팬 위에 붓는다.

치이이이이, 치이이이익.

이 순간이 되면 나의 손목은 자동 작동하는 기계처럼 움직인다.

재료들을 넣고 후라이팬 각도를 조절해 팬의 가장자리가 가스불에 닿게 놓는 등의 잔기술을 부렸다.

다른 곳도 마찬가지겠지만 중식당 주방은 특히 주의를 기울여야 한다.

사방에 불과 기름이 넘쳐 나는 곳.

자칫 한눈이라도 팔다가는 홀라당 식당과 인생 하나 태워먹는 건 일도 아니니 말이다.

화르르르르.

팬에 뿌려지는 기름과 가스불이 만나 불길이 치솟는다.

'완벽해!'

오늘도 나를 매료시키는 밑이 둥그런 대형 팬 위의 불길.

화르르— 화르르르르.

순식간에 요리들의 넘쳐 나는 수분을 제거하며 불길이 재료들을 적당히 익혀준다.

불맛이라 불리는 중화요리의 결정체.

손을 타고 강력한 불의 기운이 팬을 넘어 요리의 불과 합쳐졌다.

이곳 주방에 있는 그 누구도 알아채거나 흉내 낼 수 없는 나만의 능력.

화르르르르르르.

어느새 화기가 모든 재료에 완벽하게 조화를 이루며 배어들었다.

중식당 주방에서 수십 년은 짬밥이 되어야 발현된다는 불 조절의 기술.

수십 년 묵은 주방장들이나 자유자재로 사용한다는 불 조절.

운기할 수 있는 자연의 기운을 이용해 게임 속 사기 캐릭터처럼 사용했다.

츠츠츠.

거기에 오직 나만이 사용할 수 있는 설악산에서 채취한 송이버섯, 능이버섯, 표고버섯, 기타 등등의 재료로 제조한 마법가루를 살짝 뿌렸다.

"오오! 민아! 그 마약 비법 좀 제발 나에게 넘겨줘!"

비장의 마약통을 손안에 쥐고 뿌리자 북경루의 총주방장인 대성 형님이 감탄을 터뜨리며 여느 때처럼 두 눈을 빛냈다.

북경루의 열다섯 명 주방 식구를 책임지는 엄한 사람이지만 나에게는 언제나 친절한 복돼지 형님.

누가 기름기 쩌는 중화요리사 아니랄까 봐 무려 0.1톤의 몸무게를 자랑하는 덩치 큰 투턱스 형님.

오늘도 기대에 찬 눈빛을 반짝반짝 빛내며 비법을 전수해 달라고 애원했다.

'비법을? 대가리에 총 맞았나~'

일능이, 이표고, 삼송이라는 말처럼 버섯의 지존들을 직접 채취해 건조 가공한 나만의 양념 비법.

돈이 있다고 만들 수 있는 물건이 아니었다.

요즘 사람들은 심마니도 아니면서 개코를 벌렁거리며 온 산을 휩쓸고 다녔다.

그 바람에 쓸 만한 재료 구하기가 여간 힘든 게 아니다.

설악산에서도 나만 아는 깊숙한 곳에서 채취한 천연 럭셔리 재료들.

"하는 거 봐서요."

평소처럼 시크하게 답하며 순식간에 맛난 냄새를 풍겨내는 조리된 음식에 개어놓은 녹말과 참기름을 넣고 마무리에 들어갔다.

"경도해삼 끝!"

이곳 북경루에서 다섯 명의 주방장 중에서 가장 빠른 손속을 자랑하는 나.

오이 껍질과 양파, 백합으로 장식된 접시 위에 완성된 경도해삼을 섬세하고 빠른 손놀림으로 정성스럽게 담아냈다.

스윽.

요리를 끝내고 고개를 돌리자 주방의 커다란 시계가 정확하게 아홉 시를 가리켰다.

"오늘도 수고하셨습니다."

퇴근 시간은 칼같이 지켜야 하는 것.

바쁜 주방을 향해 수고를 날리며 진한 하루를 보낸 삶의 현장을 빠져나왔다.

"벌써 갈 거냐?"

조리한 요리를 내보내고 옷을 벗는 나를 향해 대성 형님이 서운한 표정을 지었다.

"내일 인사차 들르겠습니다. 그동안 감사했습니다."

스륵.

이마의 땀을 잡아주던 주방 모자와 주방복을 조리대 옆에 놓고 돌아섰다.

"정말 그만둘 거야? 민아, 네 실력이라면 몇 년만 고생하면 괜찮은 식당 하나 낼 수 있잖아."

아쉬운 표정을 짓는 대성 형님.

그도 그럴 것이 속초에서 가장 명성을 날리는 대형 중화요리 북경루는 나로 인해 완성되었다 해도 과언이 아니었다.

초등학교 때 취득했던 중식, 한식, 일식, 양식, 복어조리 기능사 자격증.

나이와 학력, 성별, 지역 제한이 없는 조리사 자격증은 나에게 희망 그 자체였다.

어릴 적 외항선의 선장이었던 아버지 덕분에 그 누구보다도 유복하게 보낸 유년 시절.

비록 1년에 한 번 볼까 말까 한 아버지였지만 올 때마다 푸른 마도로스의 꿈을 심어주었던 멋진 분.

당시에는 상당한 부를 쌓았던 시절로 서울 강남에 집이 있었고, 늦장가에 도둑장가를 든 아버지와 10살이나 차이가 나던 선량하고 고왔던 어머니.

그 두 분과 함께 그 시절 난 인생 최고의 날들을 보냈었다.

그러나 예기치 못한 해양 사고로 인해 내 나이 일곱 살, 아버지 연세가 쉰이 되던 해 선장을 그만두서야 했다.

항해사의 실수였지만 결과적으로 모든 책임을 지서야 했던 아버지.

한국에 돌아와서도 세계의 바다를 잊지 못한 분.

결국 속초항에 가서 어선 한 척을 구입해 동해 바다를 누볐다.

하지만 그것도 잠시.

해풍이 몹시 불던 어느 날.

예고되었던 사고였을까, 태풍이 오고 있다는 소리에도 아랑곳 않던 아버지는 어머니와 둘이 고기잡이를 나가셨고 그날로 영원히 돌아오지 못할 바다를 건너 버리셨다.

그리고 난 졸지에 천지간의 고아가 되었다.

아버지가 독자에 이렇다 할 친척도 없었던 터라 자연스러운 수순으로 고아원에 맡겨졌다.

열 살, 그때가 내 나이 열 살이었다.

한창 부모님의 사랑을 받고 초등학교를 다녔던 나.

그날부터 고아원에서 버림받은 이들의 거친 세상을 경험하게 되었다.

부모님에 대한 원망은 없었다.

돌아가시기 전까지 내 기억 속에 남아 있는 아버지와 어머니는 세상 그 누구보다 나를 사랑하는 분들이었다.

바다를 끝없이 떠도는 배와 같았던 아버지, 그런 아버지를 기다리던 따뜻한 항구 같았던 어머니.

그분들이 내 눈앞에서 사라졌지만, 그래서 다시는 볼 수 없게 되었지만 결코 의심하지 않았다.

그리고 두 분이 없는 세상에서 살아남기 위해 나는 선택해야 했다.

국가에서 지원하고 있는 생활보호 대상자들을 상대로 한 교육 프로그램.

그중에서 난 요리를 선택했다.

거기에 고아라는 사실이 알려지면서 학원 원장 선생님의 배려로 자격증 취득 때까지 무료로 교육을 받을 수 있게 되었다.

나는 생전 건장하던 아버지 덕분에 또래들보다 머리 하나가 더 컸다.

'참 파란만장했지.'

지금 생각해도 탁월한 선택이었다.

보육원의 시설은 괜찮았지만 미래가 없었다.

고등학교까지 교육받을 수 있는 프로그램이었지만 부모로부터 버림받거나 나처럼 부모가 없는 아이들은 소극적이거나 반대로 아주 거칠어졌다.

중학생 이상부터는 수시로 보이지 않는 폭력에 무방비로 노출되어 있던 보육원.

질서 유지라는 명목으로 어느 정도 상급 학생들의 폭력이 묵인되었다.

소수 가정 단위의 생활이 아닌 다수의 집단생활에서 오는 스트레스가 장난 아니었다.

그런 보육원 상황을 길지 않은 시간에 파악한 나는 최선의 방법을 찾아야 했다.

어릴 적부터 신동 소리를 듣던 나였다.

초등학교 때 아이큐 테스트에서 175가 넘게 나와 주변 분들의 시선을 한 몸에 받았던 기억도 있다. 이후에는 테스트를 해 본 일이 없고 그 시절 잘못 나온 결과라 하더라도 문제가 안 되었다.

아이큐가 210이 넘는 사람들도 있지만 이 정도로도 난 충분히 세상 사는 데 지장이 없었다.

부모를 잃은 열 살 아이였지만 다른 원생들과 달리 수동적으로 지내지 않았다.

초등학교를 졸업할 때 이미 보육원에 교육 봉사활동을 나왔던 대학생 형들과 누나들의 도움으로 고등학교 공부뿐만 아니라 인터넷으로 영어와 중국어, 일본어를 비롯하여 몇 개 언어 등을 마스터할 수 있었다.

세계가 하나의 네트워크로 연결되고 어디서든 인터넷을 통해 충분히 좋은 교육을 받을 수 있는 상황.

학업 성적이 우수하자 원장님과 여러 지도 선생님들로부터 관심이 쏟아졌고 그걸 충분히 활용해 기회를 놓치지 않고 스펙을 쌓았다.

그리고 그 와중에 조리사 자격증을 전문적으로 습득했다.

제약이 까다롭지 않은 조리사 자격증.

초등학교 5학년 때부터 시작한 조리사 공부.

6학년이 된 얼마 후에 난 복어조리 기능사까지 다섯 개의 자격증을 취득했다.

그 시절 그렇게 자격증을 취득한 후 나는 나이가 차기를 기다렸다.

의무 교육인 중학교 시절을 의미없이 보내기 싫어 공부한 것이 중등 검정고시에 아주 우수한 성적으로 합격하기도 했다.

그리고 시작된 알바 투쟁기.

만 14세가 넘고 보호자나 법정 대리인의 허락이 있으면 가능한 알바.

그것도 유흥주점이 아닌 음식을 주로 취급하는 곳에서는 아르바이트를 할 수 있다는 것을 알고 있었기에 난 세월을 닦았다.

보육원 원장님도 그 일에 대해서는 다른 말을 하지 않았다.

중등 검정고시를 패스했기에 의무 교육인 중학교를 갈 필요가 없던 나에게 학업을 강요하지 않았다.

아니, 은근히 고등 검정고시까지 패스하고 여차하면 서울대에 들어가기를 바라셨다.

지역 신문에 천재 고아 소년의 특출한 재능이 포커스에 맞춰져서 몇 번 오르내리자 은근히 기대를 품었다.

일개 보육원에서 서울대 합격생을 배출하면 지역에서 유무형의 상당한 혜택을 받았다.

하지만 난 그럴 마음이 없었다.

중학교야 그렇다 치더라도 서울 강남의 명문 고등학교를 졸업하고 싶었다.

그 시간을 이용해 인터넷과 각종 지원받은 교재로 어학 분야를 마스터했다.

어린 나이였지만 내 신세가 고아라는 것과 의지할 곳 없는 고아는 남들보다 월등하게 뛰어나야 먹고살 수 있다는 것은 이미 알고 있었다.

다른 아이들이 학교에 가고 없는 시간에 활용되는 무한 집중력.

심심하면 미분 적분을 산수 풀듯 가지고 놀았다.

그러던 어느 날 난 운명을 만났다.

'그땐 참 멋있었는데…….'

옷을 갈아입고 퇴근 20분 전에 만들어 놓은 탕수육을 포장하며 한 분, 아니, 한 인간을 떠올렸다.

열네 살의 어느 늦은 봄날.

조용한 보육원 옥상에서 따뜻하게 쏟아지는 햇살을 감상하며 나른한 한때를 보내고 있을 때.

그분께서 보육원 정문으로 걸어 들어오셨다.

한 손에 약초 꾸러미가 든 가방을 들고 새하얀 도포 자락과 허연 수염을 실바람에 살살 날리며 보육원으로 들어오시던 그분.

'신선이 따로 없었지.'

난 옛날 얘기로만 듣던 계룡산 산신령이 우리 보육원에 강림한 줄 알았다.

눈부신 햇살 때문이었는지 모르지만 온몸에서 뿜어져 나오던 그 강렬하고 휘황한 빛의 오라.

인간 세상에서는 도저히 찾아볼 수 없는 그분의 포스에 떡 하니 입이 벌어졌다.

동공은 풀리고 입은 쩍 벌어진 채 감탄을 금치 못하고 있는 사이 그분은 내 앞에 와 서 계셨다.

무려 4층 높이였음에도 거짓말처럼 한줄기 바람과 함께 등장한 그분.

그때 폭풍처럼 휘몰아친 내 운명과 마주하게 되었다.

'내가 미쳤지……. 귀신에 홀리지 않고서야……. 쯧쯧.'

지금 생각하면 참으로 뭣 같았던 그때 그 순간.

참 진리 하나를 몸소 뼈저리게 배웠다.

결코 눈에 보이는 포장발에 속아서는 안 된다는 사실, 포장발이 전부가 아니라는 사실.

그렇게 나타난 신선 같은 양반이 던진 한마디.

"선재로다. 나와 이리 만난 것도 인연인데 나의 제자가 될 생각이 없더냐? 내 너에게 하늘과 땅에서 우뚝 설 힘을 주겠노라."

제법 무협 만화와 소설에 일견이 생긴 시기, 난 신선 할배의 말에 순간적으로 계산을 마쳤다.

어느 정도 학업을 마무리해 놓은 상태.

몸을 건강하게 만들 수 있는 도인술 하나쯤 배워놓아도 인생 남는 장사가 아니겠는가 생각했다.

"제자 강민, 스승님을 뵈옵니다!!"

어디서 본 건 있어 철석같이 믿고 신선 할배에게 무릎을 꿇고 정중하게 절을 올린 후 즉시 제자가 되었다.

'그건 사기야! 법정 미성년자를 그렇게 꼬여내다니……. 크으!'

지금 생각해도 가슴에서 울화가 치밀어 오르는 그때 그 상황.

나의 행동에 흐뭇하게 미소 짓던 나의 스승이 되어 버린 그 포장발 좋던 신선 할배.

원장 선생님과 돈독한 친분이 있었던 듯 그날 저녁 난 옷가지 몇 벌 들어 있는 가방도 아닌 보따리를 들고 그분의 뒤를 따라나섰다.

'겁대가리도 없었지~ 그땐.'

신선 할배에게 그럴싸한 무공이나 도인술 몇 가지 배워 육체 튼튼한 삶을 꿈꿔보려 했던 내 짧은 생각.

그 어리석은 망상 하나로 난 열네 살 어린 나이에 지옥 아닌 지옥을 경험하게 되었다.

철석같이 스승으로 믿고 내가 따라나선 인간은 그렇게 어린 나를 꼬드겨 깊은 설악산 골짜기로 인도했다.

사람들의 등산로가 아닌 곳이 없었는데 21세기에도 찾기 힘들었던 설악산의 깊고 깊은 어느 골짜기.

헉헉대고 내 어린 걸음으로 무려 열 시간이나 걸려서 도착한 그곳.

난 골짜기 옆 쓰러지기 일보 직전의 너와집 한 채에 정신줄을 놓을 뻔했다.

나름 쾌적한 보육원 시설에서 생활했던 나, 그와 비교되는 산골짜기 너와집.

뭔가 아차 싶어 내빼려 했지만 그럴 수 없었다.

길도 몰랐거니와 어느새 어둠이 내려 깊은 밤처럼 어두워진 산속.

스승이라는 분은 나를 자신의 방 옆으로 따로 빠진 공간에 던져 놓았다.

처음 보았던 자애로운 웃음 대신 한 건 제대로 했다는 식의 사악한 눈동자.

이 순간이 세상 것들에 대해 제대로 불신하게 된 동기가 되었다.

그렇게 난 두려움에 벌벌 떨며 설악산 이름 모를 골짜기 외딴집에서 뜬눈으로 날을 샜다.

'세상에, 그건 호랑이 울음소리였어! 아직도 못 잊어!'

야반도주는 절대 꿈도 꾸지 못할 그날 그 밤.

난 평생 잊지 못할 공포의 울음소리를 두 귓구멍으로 들어야 했다.

이제는 찾아볼 수 없게 된 백두대간 호랑이.

크허허어어어엉.

우렁차게 산간을 울리며 시커먼 밤을 깨우던, 그렇지 않아도 잔뜩 쫄아 있던 내 심장에 치명타를 안긴 그 빌어먹을 호랑이.

영특한 나는 믿지 않으려고 해도 그럴 수가 없게 되었다.

그뿐만이 아니었다.

호랑이 울음소리가 사라진 뒤에 들려오던 전설의 고향에 나오던 여우의 피 말리는 울음, 다음 날 이른 새벽 무렵 공포에 비몽사몽간이 된 나를 깨우던 여자 귀신의 흐느낌 소리까지.

두 평도 안 되는 너와집 내 방이라는 공간에서 난 태어나 단 한 번도 경험하지 못한 공포에 밤새 시달려야 했다.

그 덕분에 그 이후로 가끔 보았던 티비의 호러 영화 따위는 내 심장을 전혀 자극하지 못했다.

'흐흐흐, 그래도 이제 며칠이면 끝난다! 나의 해방 투쟁이 끝나가고 있어! 크하하하하!'

내가 내 무릎을 꺾으며 스스로 스승이라 모신 작자에게 사기를 당하고 도착한 설악산 골짜기의 첫날 아침.

밤새 호랑이, 여우, 곰, 늑대, 마지막에는 여자 귀신의 신음

소리에까지 시달리며 잠 한숨 못자고 일어난 나에게 던졌던 스승의 첫마디.

설악산의 각종 동물과 객귀 혼령들이 널 지극히 마음에 들어 하는 것 같다며 말도 안 되는 소리를 뱉었다.

그리고 귀신들의 환영식을(?) 성대하게 받은 나에게 그분은 마지막 카운터를 날렸다.

자신의 가르침을 다 배우지 못하면 결코 이 골짜기를 벗어날 수 없고 이 너와집에 뼈를 묻을 각오를 하라는 것이었다.

지난밤처럼 성대한 환대를 받고도 도망친다면 평생 죽을 때까지, 아니, 죽어서도 귀신들이 뒤따라 다닐 거라고 저주 아닌 저주를 걸었다.

쫄지 않을 수 없었다.

너무나 생생했던 지난밤의 공포에 난 스승이라는 자에게 목숨을 다해 가르침을 받겠노라고 외쳤다.

거짓부렁이 아닌 진실한 각종 종합 귀신 세트들의 환영식.

죽는 순간까지 다시는 경험하고 싶지 않았던 한밤의 아우성.

그놈들은 환영이라 생각하겠지만 나에게는 지옥처럼 느껴졌던 그 밤.

난 그렇게 설악산 어느 골짜기에 살짝 맛이 간 신선 할배, 아니, 아동 착취 전문 사기꾼에게 내 청춘을 저당 잡혔다.

넋 나간 나에게 주어진 쌀과 호미 한 자루.

멘탈이 붕괴 일보 직전인 나에게 스승이라는 작자는 태연하게 입을 열었다.

이왕 이렇게 된 것, 같이 한번 잘 살아보자고.

언젠가는 해 뜰 날이 올 것이니 결코 낙담하지 말고 열심히 스승을 보필하며 가르침에 정진하라는 상투적인 말들.

나의 설악산 탈출 해방 투쟁기는 이렇게 첫 장을 열었다.

남들이 쉽게 포기할 수 있는 보육원 생활 전선에서도 미래의 꿈을 잃지 않았던 나였다.

설악산 골짜기라고 해서 달라질 게 없었다.

아니, 더 이를 악물었다.

밤새 나를 괴롭혔던 호랑이와 각종 맹수들과 귀신들보다 더 사악한 스승에게서 벗어나기 위해 시작된 기상천외한 배움의 길.

스르륵.

내가 배달할 때 쓰는 따뜻한 보온도구 안에 담기는 먹음직스러운 사천 탕수육 대자.

싸구려 독주 빼갈도 몇 병 챙겼다.

고우나 미우나 정이 들었던 3년간의 생활.

마지막까지 웃기 위해 난 정신줄을 놓지 않았다.

"민아, 그동안 수고했다."

탕수육을 포장하고 막 주방을 빠져나가려는데 속초 북경루의 주인인 왕씨 아저씨가 들어왔다.

화교 출신인 왕씨 아저씨.

작은 키에 빵빵하게 튀어나온 배, 번뜩이는 이재에 밝은 눈동자는 전형적인 화교 부자들의 모습이다.

"하하, 수고라니요. 사장님 덕분에 잘 먹고 잘 벌어서 갑니다."

1월 1일생인 나, 꼬박 2년 하고도 한 달 동안 나를 고용했던 왕 사장.

총주방장처럼 아쉬움이 눈에 가득했다.

그도 그럴 것이 내가 주방에서 칼과 프라이팬을 잡은 이후로 2년 동안 무려 300프로의 성장을 거듭한 북경루.

특별 조제한 마법 양념 때문에 전국 맛집에도 선정되어 평일에도 가득 손님이 들어찼다.

"언제든 마음 바뀌면 말해라. 딱 3년만 내 밑에서 고생하면 네가 원하는 곳에 가게 하나 차려주마."

실로 파격적인 제안을 뱉어내는 왕 사장.

지점도 아니고 가게를 차려준다고 나를 유혹했다.

"세상 사는 게 힘들면 다시 찾아오겠습니다. 마음만 감사히 받겠습니다."

언제 다시 만날지 모르는 인연.

고개를 살짝 숙여 감사함을 전했다.

"휴우."

한숨을 가늘게 내쉬는 북경루의 주인.

스윽.

"이번 달 월급하고 퇴직금, 그리고 보너스 좀 넣었다. 공부를 다시 시작한다니 이걸로 책이라도 사봐라."

'어라? 왕 사장님~ 이런 스타일이 아니시잖아요?'

정해진 월급 이외에 보너스나 명절 떡값도 내놓지 않았던 짠돌이 왕 사장.

생각지 못한 보너스에 깜짝 놀랐다.

퇴직금이야 하루에 다섯 시간씩 일 년 열두 달 단 하루도 쉬지 않았으니 충분히 받을 만한 이유가 되었다.

그러나 보너스는 의외였다.

오후 4시부터 저녁 9시까지 시간당 2만 원을 계산해 받았다.

하루에 총 10만 원.

한 달에 300만 원에 가까운 돈.

총주방장만큼은 아니었지만 이곳 주방에서 두 번째로 많은 돈을 월급으로 받아가던 나.

나는 실력만큼 받았고 사대 보험에도 가입하지 않았기 때문에 서로 불만이 없었다.

"…사장님 자자손손! 복 따따블로 받으실 겁니다!"

제법 두툼한 세 개의 봉투를 받아 들며 깍듯하게 고개를 꾸벅 숙였다.

각종 만병의 가장 빠른 특효약이라 불리는 돈.

나에게 보너스를 주는 왕 사장이 이 순간 하나님과 부처님, 알라신과 모든 신들의 동기동창생이나 진배없이 보였다.

'오오! 생각보다 묵직한데?'

입이 귀에 걸리려는 걸 꾹 눌러 참았다.

묵직한 봉투의 무게에 비례해 행복감은 급상승했다.

'이번에는 반땅 없다. 크크크.'

사악한 사이비 교주 같은 스승과 맺어졌던 반땅 교육비.

월급과 퇴직금을 제외한 보너스는 온전히 내 것이었다.

설사 스승이 노해 내 눈탱이를 밤탱이로 만든다 할지라도 난 결코 빼앗기거나 나누지 않을 것이리라.

내 저당 잡혔던 청춘을 위한 쬐그만 위로금.

결코 뱉어낼 수 없었다.

그건 하나님의 계시를 받아 지갑을 연 왕 사장에 대한 예의가 아니다.

'아쉽단 말이야. 저 녀석만 있다면 대한민국 최고 중화요리점으로 거듭날 수 있을 텐데……. 우리 화령이하고 결혼시켜 딱 묶으면 그만큼 남는 장사가 없는데…….'

고개 꽉 수그리고 복을 따따블로 외치는 넉살 좋은 북경루의 보조주방장 녀석 강민.

올해 나이 열일곱.

훤칠하게 큰 키와 시원한 이마와 굳센 얼굴은 전형적인 호남형의 얼굴이었다.

거기에 아직 덜 성숙한 육체라고는 믿기지 않을 정도로 근육질 몸매의 강민.

잘생겼고 요리 솜씨 또한 특급 호텔 주방장과 어깨를 나란히 견줄 수 있을 만큼 실력이 출중했으며 성격 또한 싹싹하고 좋았다.

또한 생활력도 끝장이다.

북경루에서도 왕 사장만 알고 있는 강민의 일거수일투족.

비록 보육원 출신이라는 꼬리표가 붙어 있지만 중학교를 초등학교 졸업과 동시에 패스한 괴물 같은 녀석.

처음 면접을 보러 왔던 재작년 겨울에도 민이 녀석은 여느 또래 아이들과 크게 달랐다.

당시에도 180을 넘던 큰 키에 총기로 빛나던 새카만 눈동자.

이력서와 함께 제출된 다섯 가지 조리사 자격증에 왕 사장은 할 말을 잃었다.

누가 있어 열다섯 나이에 조리사 자격증을 그만큼 소지할 수 있단 말인가.

'실력도 엄청났지, 난생처음이었어. 그렇게 맛있게 맛본 볶음밥은 말이야.'

기특했지만 주방이라는 곳이 자격증만으로 입성할 수 있는 곳은 아니었다.

자격증이 있어도 실력이 없다면 양파 까기부터 시작해야 하는 중화요리 주방.

놀랍게도 강민은 테스트를 단숨에 통과했다.

그 나이라고는 믿을 수 없을 정도로 정확하고 신속한 칼을 다루는 솜씨에 각종 재료들을 신선하게 조리해 내던 탁월한 손놀림.

현란한 강민의 솜씨를 감상하던 사이 주방장 출신이었던 왕 사장은 볼 수 있었다.

'불을 다루고 있다. 명장이나 가능하다는 불과의 대화를 녀석은 해내고 있어.'

당시에도 완벽하다 할 수 있을 만큼 커다란 중화요리 팬에 휘둘리던 불의 기운들.

중화요리 주방장 20년쯤 되어야 흉내 낼 수 있다는 불과의 대화를 녀석은 현란하게 사용하고 있었다.

중화요리 특성상 불을 다루는 기술은 곧 맛과 직결되었다.

대부분이 불과 기름으로 조리되는 요리들.

보통 사람들이 말하는 불맛이라는 중화요리 특성은 주방장이 얼마나 능숙하게 불을 다룰 줄 아느냐에 전적으로 달려 있다.

너무 빨리 요리에 불이 닿으면 설익은 채 기름 냄새가 났고, 조금 늦게까지 불이 더 붙어 있다면 맛은 떨어지고 탄 냄새가 배어버리는 중화요리.

각 요리에 맞는 적절한 불의 조절은 수십 년의 경험에서 자연스럽게 우러나왔다.

그런데 강민이라는 녀석은 첫날 아무렇지 않게 왕 사장도 이제 겨우 사용할 수 있게 된 불과의 대화를 능숙하게 해냈던 것이다.

그리고 완성된 중화요리 오대 요리들.

탕수육, 볶음밥, 고추잡채, 깐풍기, 양장피를 녀석은 중화요리 주방장이 갖춰야 할 삼대 미덕인 신속, 화끈, 푸짐으로 완성했다.

보기만 그럴싸한 게 아니었다.

오늘날의 북경루를 이룩한 자신과 수제자인 총주방장을 넘어섰던 그 맛.

중화요리는 기름을 많이 사용하기 때문에 느끼함을 감추기 위해 회향풀, 계피, 산초, 정향, 진피로 만드는 오향분이나 황기, 당귀, 감초, 둥굴레, 결명자, 오미자, 산초, 화초 같은 향신료를 많이 사용한다.

거기에 더하여 매실소스, 마늘콩장소스, 두반장소스, 고추마늘소스 같은 소스들이 첨가되어 맛을 더한다.

그러나 아무리 향신료와 소스가 더해진다 해도 기름진 음식의 특징을 어찌할 수 없었다.

적은 양을 먹어도 기름 성분 때문에 한식이나 일식에 비해 포만감이 빨리 느껴지는 중화요리.

더욱이 한국 사람들은 독한 화주나 백주를 즐겨 마시지 않기 때문에 중화요리의 느끼한 맛을 중화시키지 못했다.

'정말 놀라웠지. 중화요리에서 그렇게 담백한 맛이 날 수 있다는 사실이……'

어릴 적부터 주방에서 뼈가 굵은 왕 사장은 중화요리를 즐겨 먹지 않았다.

무려 40년이 넘도록 먹어왔기 때문에 몸이 알아서 거부했다.

더욱이 화교였지만 한국에서 태어나 자란 왕 사장은 청국장 같은 한식을 즐겨 먹었다.

그런 왕 사장의 입맛을 단숨에 사로잡은 강민의 요리들.

중화요리의 단점인 기름 냄새가 전혀 나지 않았고 장점인 불맛을 극대화로 살린 뒤에 담백함까지 더해진 요리들이었다.

도저히 잊을 수 없는 맛.

어떤 누구도 흉내 낼 수 없는 그 맛을 강민은 확인시켜 주었고 북경루의 주인 왕 사장은 죽기 전에 그 같은 맛을 경험하고 말았다.

'비법만의 문제가 아니다. 녀석이 사용하는 재료를 넣어도 그 맛이 나오질 않았어……. 강민 저 녀석만이 소유하고 있는 그 무엇이 있다.'

강민으로 인하여 단숨에 대한민국 중화요리 맛집에 선정된 속초 북경루.

설악산에 찾아오거나 동해를 찾는 휴양객들이 한겨울에도 끊이지 않고 밀려 들어왔다.

강민에게는 말하지 않았지만 엄청난 수익이 일어나고 있었다.

인건비와 재료비를 넘어서는 어떤 지점부터는 모두 다 순수익.

처음 북경루를 개업하고 목표했던 금액을 2년 만에 모두 뽑아냈으니 상상 이상의 수익을 본 것이다.

그리고 왕 사장은 서울 강남에 지금껏 번 돈과 가문의 자금까지 더해 건물 하나를 인수했다.

"민아, 서울에 가면 어떻게 연락할 방법은 없는 것이냐? 필요하면 내가 스마트폰 한 대 사주마."

미련을 버리지 못하는 왕 사장.

생활신조에 없는 보너스에 스마트폰까지 대주겠다며 강민을 꾀었다.

"며칠 내로 구입할 생각입니다. 그때 연락드리겠습니다."

"내 번호 알지? 기다리마. 꼭 연락하거라."

장사하는 가문에 태어난 왕 사장.

가문에서 가장 늦게 재복이 터졌지만 이미 형제들이나 사촌들은 대한민국에서 내로라하는 갑부들이었다.

그것도 화교들 특성답게 부동산이나 주식이 아닌 순수하게 현찰만을 손에 쥔 알짜배기들.

사람 보는 눈도 남들과 달랐다.

그런 왕 사장의 눈에 강민은 황금똥을 싸는 인간 거위였다.

'화령이 녀석이 한 번 저 녀석을 보았으면 마음이 바뀌었을 텐데……'

자신의 딸이지만 어릴 적 가문의 교육 방침에 따라 머리가 좋은 화령은 미국 유학길에 올랐다.

그 와중에 운동 능력을 인정받아 골프에 뛰어든 무남독녀 왕화령.

왕 사장을 닮지 않고 모델 출신인 엄마를 닮아 빼어난 미모와 황금비율의 몸매를 자랑했다.

아직까지 매스컴에 알려지지는 않았지만 학업과 동시에 골프에 정진 중이었다.

하버드대가 목표인 왕 사장의 딸 화령.

내년쯤에 정식으로 프로무대에 투입시킬 계획을 갖고 있었다.

가문의 지원을 받아 혜성처럼 등장할 왕화령.

상상만으로도 가슴 벅찬 일이 아닐 수 없었다.

"그럼, 다들 수고하세요~"

보너스를 받아 들고 기쁨을 감추지 못하는 강민.

다른 곳에서 스카우트 제의가 들어왔었지만 녀석은 북경루에서 움직이지 않았다.

그런 이유에서 왕 사장은 초급 주방장치고는 상당한 금액을 월급으로 지급했다.

물론 월급에 비례해 몇 백 배 남는 장사를 한 북경루의 주인 왕 사장.

힘차게 인사를 건네고 멀어져 가는 강민을 바라보았다.

아쉬움이 가득한 사업가의 눈빛이 반짝이고 있었다.

제2장
새로운 시작
마스터K

“이번 달도 수고했다.”

또로록.

꿀꺽.

우적우적.

“오오! 역시 탕수육에는 고량주가 금상첨화로다.”

특수 제작한 보온 도시락 안에 담겨 있는 탕수육과 독한 이
과두주를 사발째 들이켜는 기인.

너와집의 손바닥만 한 방 윗목에 가부좌 자세를 하고 앉아
있다.

한때는 회색이었는데 얼마나 끼고 잠을 주무셨는지 새카맣
게 때가 껴 번들번들 윤이 나는 대형 방석.

길고 긴 밤 몸부림쳤던 스승의 처절한 한이 배어 있다.

그런 방석 옆에는 조강지처나 다름없는 25인치 티브이 한 대가 놓여 있다.

원형의 쇠로 된 원반과 세탁소에서 서비스로 제공하는 옷걸이를 이리저리 구부려 만들어낸 위성 안테나로 연결된 괴이한 물건.

이런 깊은 산골짜기에도 놀랍도록 선명한 화질의 방송이 수신되었다.

'정말 분위기 깨신다니까.'

설악산 골짜기에서도 탕수육과 고량주를 즐기는 괴인 양 도사.

잔에 따라진 독주 한 사발 시원하게 들이켜고 나를 지그시 바라보았다.

스윽.

그리고 구수하게 쫙~ 깐 목소리와 함께 뻔뻔하게 내 눈앞에 내미는 굵고 두툼한 손 하나.

아무런 양심의 가책도 없이 수고했다는 말과 함께 어김없이 들이미는 저 뻔뻔한 손.

매달 말일이면 살인범도 한 가닥 품고 있을 양심을 어디 쓰레기통에 처 넣었나 순결한 의식 하나 없이 사악한 손바닥을 내밀었다.

나는 그 뻔뻔한 손바닥을 쳐다보았다.

"…스승님, 이번 달도 보살펴 주시고 가르쳐 주셔서 감사합니다!"

시려오는 마음과 달리 매달 그랬던 것처럼 아랫배에 힘을 주고 외치며 공손히 봉투를 내밀었다.

'이번이 마지막이다! 민아……. 넌 멋진 놈이다! 수고했어!'

해방 전쟁의 끝이 다가왔기 때문일까.

마음속의 노여움을 가라앉히며 피 같은 돈 봉투를 내놓았다.

단정하게 무릎을 꿇고 새하얀 봉투를 공손하게 건네고 있는 모습은 내가 봐도 대견했다.

"얇구나."

열어보지도 않고 얇다고 눈을 야리하게 뜨고 비릿한 미소를 보이며 한마디를 던지는 스승님.

"세종대왕님께서 신사임당 할머니께 넘버 투로 밀리시면서 봉투가 다이어트되었습니다. 이번 달 월급과 퇴직금을 정산해 넣었습니다."

제법 두툼한 신사임당 할매가 60장이나 들어 있는데 그것을 타박하며 살짝 치고 들어오는 아직도 나의 머리꼭대기에 앉아 스승 노릇을 하려는 자.

"세상 공부를 위해 약간의 비용을 좀 남겨두었습니다."

삥땅친 돈은 전혀 내색하지 않았다.

돈 냄새, 술 냄새, 여인의 향기는 귀신같이 알아채는 눈앞의 사악한 영감님.

'왕 사장이 사람 보는 눈이 있다니까. 흐흐.'

놀랍게도 퇴직금 600만 원과 보너스로 1,000만 원이 넘는 돈이 들어 있었다.

그 돈들 중 대부분을 나만의 보관 창고에 고이 보관해 두었다.

"꼭 서울로 가야겠느냐? 너의 공부가 아직 미진하거늘 굳이 이 좋은 곳을 놔두고 서울로 떠나려 하다니. 정 배우고 싶다면 가까운 곳에 학교도 많거늘……."

탐탁지 않은 눈길로 나와 봉투를 번갈아 쳐다보며 입맛을 다시는 스승, 아니 영감님.

톡 까놓고 설악산 양 도사.

키는 작달막하지만 약 육십대 중반 정도로 보이는 외모.

그럼에도 나이와 상관없이 관리를 잘한 매끄러운 피부와 정광이 번뜩이는 눈동자.

반쯤 벗겨져 훤칠한 이마와 가슴까지 자란 허연 수염은 보는 이들로 하여금 자연스럽게 경외감을 품게 만들었다.

인간 세상에 유람 나온 신선 같은 풍모.

그러나 절대, 보이는 게 전부가 아니라는 사실.

다시 한 번 명심, 명심, 두 번 속아서는 안 된다.

정광은 번뜩이는 사기꾼 기질을 감추기 위한 트릭이요, 인자한 웃음은 상대방을 간 보기 위한 미끼이며, 선풍도골 같은 외모는 뻔뻔함보다 더 무서운 신소재 초합금 철판 역할을 맡고 있는 상판 떼기.

'보이는 모습의 반에 반에 반, 아니 100분의 1만이라도 마음

이 닮았다면 신선이 따로 없을 텐데.'

이곳 주민들에게는 약초꾼 양 도사라 불리는 이 양반.

나이는 정확하게 알 수 없지만 일제 강제 점령기 전에 설악산에 도를 구하러 들어왔다고 입버릇처럼 말하곤 했다.

그러나 내 눈에는 도 대신에 돈을 구하러 왔음이 분명한 양 도사의 모습.

대한민국 국민이라면 마빡에 피가 마르기 시작하는 만 17세에 발급되는 민증도 없는 것이 수상했다.

신분증을 요구하는 이도 나이를 물어보는 이도 감히 없었다.

척 보면 포장발이 기가 막히니 굳이 그런 것들이 필요없다고 생각되는 것이다.

저녁에 자기 전에 배를 깔고 낄낄거리며 자동차 배터리로 가동되는 티브이만이 접하고 사는 문명의 전부.

그것을 빼고 자동차를 비롯한 핸드폰 같은 문명의 이기는 거의 이용하지 않았고 잠시 볼일을 보러 간다고 말할 때도 축지법 따위를 쓴다는 사기꾼 양 도사.

하긴 나조차 양 도사의 이름을 몰랐다.

그저 양 도사라 하면 설악산 일대 토박이 주민들 사이에서는 모르는 사람이 없다는 것.

산삼과 수십 년 묵은 장생도라지, 각종 버섯과 대물급 더덕 등등.

제법 돈이 되는 약초를 팔아 엄청난 부를 거머쥐게 되었다는 양 도사.

이런 소문이 자자한 양반이 이제 갓 고등학교에 올라가는 나에게 학습 상납비 명목으로 꼬박꼬박 돈을 갈취했다.

"스승님, 돌아가신 아버지와 어머니가 입에 달고 말씀하신 유훈입니다. 사내는 태어나면 서울, 그것도 강남에서 커야 제대로 물건이 된다고요. 이제 제자 나이 올해로 열입곱, 커다란 웅지를 품고 세상 밖으로 나가려 하오니 부디 제자의 이 마음을 꺾지 말아주시옵소서."

쿵!

방바닥에 고개를 처박으며 굳은 의지를 보였다.

절대 그런 말씀을 한 적 없는 부모님.

하루아침에 이 세상 사람이 아닌 채로 나와 이별한 부모님.

그저 건강하게만 자라라가 부모님 살아생전 우리 집 가훈, 난 아버지와 어머니를 눈물을 삼키며 팔아먹었다.

'물러설 수 없다! 이번에 정리 못하면 또다시 몇 년을 잡히게 될지 모른다!'

호랑이를 비롯한 각종 혼령들의 협박에서 벗어나기 위해 난 꼬박 7개월 동안 눈물겨운 개고생을 했지 아니한가.

아니, 아직까지도 진행 중이다.

북경루 주방에서 저녁 9시까지 중노동을 하고 산속에 있는 이곳까지 1시간을 걸려 뛰어오지만 매번 곧바로 취침에 들 수 없었다.

저녁 10시부터 시작되는 야간 수련.

12시가 돼서야 잠을 잘 수 있었고 또 새벽 4시가 되면 어김없이 눈을 떠야 했다.

아무리 한참 자라는 청소년은 숙면이 보약이며 뼈대를 튼튼하게 해야 하는 시기라고 과학적 지식을 총동원해 설명해도 지나가는 개소리로 치부해 버리는 양 도사.

피곤할 때는 장생도라지나 더덕 한 뿌리 씹어 먹으면 그깟 잠 따위는 필요없다는 양 도사의 자연 보약 예찬론.

반박할 수가 없었다.

하긴 눈꺼풀이 천근만근이 되어 감겨도 장생도라지나 더덕 한 뿌리 씹어 먹고 운기행공 한 번 돌리면 기운이 팔팔하게 휘돌았다.

사람들이 들어설 수 없는 설악산 골짜기와 깊은 산속에 자리 잡고 자라는 각종 산야초.

수십 년 묵은 도라지와 잔대, 더덕, 칡뿌리, 상황버섯에 보리차 대신 달여 마시는 삼지구엽초까지, 각종 산속의 보약들은 나를 단기간에 고수 아닌 고수로 만들었다.

특히 눈앞의 사기꾼 스승이 운기행공으로 대주천을 완성하던 날 먹었던 한 알의 환단.

태극음양청명단이라 불리던 검은빛의 메추리알만 한 환단을 먹고 난 뒤로 난 설악산의 타잔이 되었다.

아침에 눈뜨자마자 화채봉까지 난 쉬지 않고 달렸다.

깊은 산중에 험한 바윗길이었지만 타잔이 보면 '형님, 존경합니다!' 라고 말할 정도로 날다람쥐가 되어 뛰어 다녔다.

아버지가 물려주신 강인한 체력 플러스 스승이 전수한 선천태극오행기공과 장생신선술.

실로 놀라운 효력을 발휘했다.

보육원 생활 당시에도 또래 아이들보다 머리통 하나가 더 컸던 나였지 않은가.

그런 내가 매일처럼 산에서 육체적 능력을 배양하고 내공을 쌓을 수 있는 토납기공의 일종인 선천태극오행기공을 수련했으니 안팎으로 완벽하게 변모해 가는 것은 당연한 일.

거기에 대한민국 고유의 무술인 택견과 비슷하면서도 훨씬 더 심오하고 유려한 장생신선술.

남들이 보면 술 먹고 갈지자로 세상 휘젓고 다니는 취권을 연상하겠지만 나는 수련 한 달 만에 그 엄청난 효능을 직접 경험할 수 있었다.

척추 25개, 두개골 22개, 설골 1개, 늑골 24개, 흉골 1개, 상지골 64개, 하지골 62개, 이소골 6개, 도합 206개의 뼈마디와 승모근, 삼각근, 전완근, 흉근, 복직근, 대퇴사두근, 비복근까지 부드러워지며 단단하게 변했다.

부드럽고 단단하다는 말이 이율배반적으로 들리겠지만 정말 그랬다.

선천태극오행기공을 통해 알게 된 670개의 인체 혈도.

십사 경맥을 따라 흐르는 단혈 52개와 쌍혈 309개를 합쳐 혈도가 670개가 되었다.

그런 내부적으로 보이지 않는 기의 흐름을 관장하는 혈도.

그것을 다스리는 선천태극오행기공과 뼈와 근육에 작용하는 장생신선술의 결합.

처음에는 죽는 줄 알았다.

뼈를 이완시킨다는 명목으로 높은 소나무 위에 거꾸로 몸을 매달아 하루 몇 시간씩 고문하던 스승 양 도사.

눈물 콧물 다 빼며 살려 달라 외쳐 봤지만 제법 사람들이 산행을 다니는 설악산임에도 그 누구도 날 구해주지 못했다.

그때만 해도 알지 못했지만 지금은 훤히 알게 된 양 도사의 구궁오행진법.

우주선 타고 달나라에 이어 화성까지 목표로 하고 있는 21세기에 진법이 실재 존재하며 사람들을 홀릴 수 있다는 사실에 놀라지 않을 수 없었다.

아직 배움이 미진해 파훼법까지 깨우치지 못한 진법 공부.

놀랍게도 내가 살고 있는 설악산 산속은 시내에서 그리 멀지 않은 곳이었다.

처음 이곳에 들어올 때 겁을 주기 위해 뺑뺑이를 돌았던 양 도사.

진법을 펼쳐 오가는 이들을 차단했다.

그런 공간에서는 소리도 왜곡되기 때문에 그 누구도 나의 비명을 듣지 못한 것이다.

고통은 그뿐만이 아니었다.

몇 시간씩 햇빛 잘 드는 나무에 매달려 뼈마디와 근육이 흐물흐물해진 나를 폭포 속에 던져 넣었던 양 도사.

산속 계곡의 물은 한여름에도 서릿발처럼 차가웠지만 양 도사는 심장마비를 개의치 않고 녹아버린 동태처럼 흐물거리는 나를 가차없이 물속으로 던졌다.

정신이 번쩍 듦이 문제가 아니라 뒈지는 줄 알았다.

아무리 인간의 몸이 환경에 적응하는 최상의 조건을 갖추고 있다지만 이건 아니었다.

그러나 놀랍게도 내 육신은 적응했다.

덕장에 걸려 있는 황태처럼 소나무 위에서 노곤노곤 늘어지던 근육과 뼈가 물속에 들어간 뒤에 단단하게 뭉치며 나를 딱딱한 얼음 동상으로 만들었다.

내가 생각해도 놀랍기 그지없는 상황.

내 상식으로는 심장마비로 굿바이, 사요나라를 외쳐야 하건만 전혀 그렇지 않았다.

아니, 다음날부터는 철저히 대비가 된 듯 심장이 빠르게 적응해 갔다.

심장이 그렇게 배신을 때리자 다른 장기들도 내 상식의 궤를 달리했다.

나중에는 소나무 위와 물속에 들어가 운기행공을 할 수 있는 경지에까지 이르렀고, 단 몇 달 사이에 난 양 도사가 놀랄 정도로 엄청난 진보를 보였다.

설악산의 맑은 정기를 먹고 자란 각종 약초들과 양 도사가 직접 전수해 준 기의 덩어리가 발아하며 쭉쭉 설악산의 기운을 빨아들이기 시작했다.

그럴 수밖에 없었다.

죽기 아니면 살기로 살아야 했던 해방 투쟁.

사악한 양 도사에게서 도망치기 위해서 난 특등 모범 제자가 되었다.

부모님이 돌아가신 상황에서도 남아 있는 내 삶을 위해 적극 투자했던 나였다.

양 도사는 사악한 면이 있지만 날 죽이려고 유괴(?)한 것이 아닐 거라는 믿음 하나로 버텼다.

특유의 악바리 정신이 발동하며 도저히 내가 어찌할 수 없는 현실을 죽기 살기로 즐겼다.

더욱이 난 머리까지 좋은 놈.

양 도사가 언뜻언뜻 선보이는 여러 술법들을 쏙쏙 흡수하며 빠르게 능력을 배양했다.

그런 내 모습에 내심 흡족했던 양 도사는 흐뭇한 표정을 지으며 돈이 될 만한 각종 약초 식별하는 방법을 알려주기 시작했다.

요즘 같은 세상에 누가 이런 산속에 처박혀 한평생을 살려고 하겠는가.

그것도 본인의 선택이 아니고 나 같은 경우는 납치나 다름없는 상황.

사람들을 홀릴 수 있는 기이한 술법과 건강술이지만 인터넷과 스마트폰, 그리고 물질이 주는 행복에 빠져 있는 이들을 꾀어내기란 쉽지 않았을 것이다.

그렇기에 아무것도 모르는 순진한(?) 고아인 나를 꼬드긴 양 도사.

하늘과 땅에 우뚝 설 수 있는 힘을 준다고 폼을 잡았을 때 깨달았어야 했다.

하체 튼튼하고 지갑만 빵빵하면 하늘과 땅뿐만 아니라 물속에서도 제 마음대로 우뚝 설 수 있는 과학 문명의 세상임을 말이다.

'더 이상 비인격적인 착취와 수탈은 없어야 한다!'

제자가 된 뒤에 전신 근육강화 프로그램이라는 명분으로 난 어린 나이에 약초꾼이 되어야 했다.

양 도사가 정해준 산과 골짜기를 헤매며 돈 될 만한 약초들을 몇 바구니씩 채취해야 너와집으로 돌아올 수 있었다.

조금만 한눈팔거나 도망칠 생각을 하면 순간 정체 모를 곳에서 날아오던 솔방울을 비롯한 각종 암기.

한 대 얻어터지면 제대로 혹이 났다.

그렇다고 모습을 드러내지도 않았다.

얍삽하게 숨어서 나를 노예처럼 부려 먹었던 스승.

그런 스승 밑에서 상당한 기간 약탈당할 것을 짐작했었기에 내 나름대로 술수를 부렸다.

대주천이 가능한 경지에 오르고 장생신선술을 습득해 몸이 자유로워지자 때를 놓치지 않고 스승에게 제안했다.

설악산도 갈수록 약초 구하기가 힘들어지니 안정적인 수익을 창출하자고 꼬드겼다.

그도 그럴 것이 산삼 같은 한 방에 로또가 될 선초는 거의 없었다.

더욱이 전국에 심마니들이 넘쳐 나자 자연산이라도 약초값이 똥값이 되기 일쑤였다.

거기에다 비가 잦거나 하는 여름과 한겨울에는 전혀 수입을 올릴 수 없는 구조.

나를 세상에 내보내 달라고 했다.

보따리 속에 들어 있던 다섯 가지 조리사 자격증을 내밀며 스승과 7개월 만에 처음으로 타협을 하기에 이르렀다.

스승이 원하는 경지인 선천태극오행기공이 오성에 달할 때까지 결단코 스승을 시봉하겠다는 말과 정규 수입의 반을 학습비로 지급하겠다는 약속을 했다.

물론 처음에는 말도 안 되는 소리라며 단칼에 거절했다.

그러난 몇 달 사이에 난 스승의 약점을 알아냈다.

보기와 달리 고기와 독주에 환장한 스승 양 도사.

중화요리 집에 취직해 스승이 좋아하는 탕수육과 각종 요리, 이과두주를 원없이 제공하겠다 미끼를 던졌다.

그러자 귀가 솔깃해진 스승.

그에 더해 오전 중에 채취한 약초는 모두 스승님께 드리겠다는 말로 마지막 승부수를 던졌다.

그제야 고개를 끄덕이며 허락했던 양 도사.

'그때 난 확신했지. 양 도사가 설악산 신흥 앵벌이 조직의 수장이라는 것을!'

어떻게 수련을 핑계로 제자를 약초꾼도 모자라 주방장으로 팔아먹을 수 있겠는가.

보아하니 스스로 채취한 약초도 상당했음에도 불구하고 그 많은 재산은 어느 곳에 숨겨 놓고 내 코 묻은 돈을 약탈하는가.

스승의 파렴치한 행동을 이해할 수 없었다.

그 뒤로 난 스승에게서 벗어나기 위해 미친 듯 수련과 주방장질에 박차를 가했다.

속초에서 도망친다 해도 스승이 쳐 놓은 저주를 풀 수 없기 때문에 내가 정한 바를 완성할 수밖에 없었다.

아니, 이왕 배운 김에 뽕을 뽑기로 마음먹었다.

생각보다 훨씬 뛰어난 스승의 수법들.

스승처럼 축지법을 사용할 수는 없었지만 한 걸음에 몇 미터씩 도약해 날아 차는 일은 일도 아니었다.

내외적 건강도 처음 산속 생활을 할 때와는 비교도 되지 않을 만큼 대단해졌다.

태어날 때부터 타고난 기와 대자연 속에 담겨 있는 기운을 합일해 몸에 축적하는 선천태극오행기공.

산삼 몇 뿌리와 백 년 이상 된 도라지와 잔대, 더덕과 하수오 등등의 약재가 들어갔다던 태극음양청명단을 흡수한 이후로 몸의 잔병이 모두 사라졌다.

한겨울에 아무리 나체로 쌩쇼를 해도 감기는커녕 콧물 한 방울 흐르지 않았다.

그뿐만이 아니라 여름에도 땀을 흘리지 않았다.

북경루의 화산 속 같은 주방이나 되어야 땀이 좀 나는구나 할 정도의 사람이 나였다.

그리고 웬만해서는 그런 땀도 흐르지 않았다.

처음에는 그런 나를 동료들도 이상하게 여겼지만 집안 체질이라는 말에 다들 넘어갔다.

'정확히 2년하고도 8개월. 난 이뤄냈다! 선천태극오행기공 오성의 경지를!'

스승과 약속했던 경지.

그 경지에 오르면 자연의 다섯 가지 기운과 자연스럽게 하나가 되어 몸으로 오행의 기를 발현할 수 있다고 했다.

즉, 마음만 먹으면 난 어지간한 불속에서도 동화되어 화상을 입지 않았고, 얼음장 속에서도 수영을 즐기며 땅속에 파묻혀도 며칠간은 끄떡없이 버틸 수 있게 된 것이다.

양 도사도 내가 설마 이렇게 빨리 이 경지에 도달할지 짐작 못한 것 같았다.

그러나 하늘의 천신들을 입에 걸고 두 가지를 약속했기 때문에 놓아줄 수밖에 없었다.

내 자신에게조차 기약없는 맹세였고 약속이었다.

그러나 이를 악물고 죽기 살기로 덤비자 못 이겨낼 일이 없었다.

또로로록.

내가 고집을 부리자 속이 타는지 독한 고량주 한 병을 더 따서 사기그릇에 가득 붓는 양 도사.

꿀꺽꿀꺽.

막걸리 마시듯 꿀꺽꿀꺽 50도가 넘는 고량주를 원샷으로 털
어 넣었다.

"민아, 지금 네 경지가 상당하다만 그것 가지고는 위험할 것
이다. 세상에는 나처럼 음지에서 기거하는 기인들이 많단다.
그들과 비교하자면 넌 이제 갓 걸음마를 옮긴 아이와 같구나."

'어라, 오늘따라 안 어울리시는 충고씩이나?'

평소에는 까라면 까고 기라면 기어야 했던 스승의 말씀.

오늘은 달랐다.

진심으로 무언가 걱정하는 눈빛.

'자랑은 아니지만 어지간한 깡패들은 17 대 1로 싸워도 이
길 건데……'

육체 개조라는 표현이 어울릴 정도로 빡세었던 지난 3년여
의 시간들.

"공부가 부족하다 판단되면 다시 찾아와 못다 한 수련을 마
치겠습니다."

나도 진실로 답했다.

그러나 지금은 세상에 나갈 때.

중학교도 얼렁뚱땅 건너뛰었다.

그러나 고등학교마저 그렇게 할 수 없었다.

미래를 위한 포석을 위해 그 어느 때보다 중요한 고등학교
시절.

사실 대한민국에서 내로라하는 수재들과 스포츠 스타들이 모여 있는 서울 강남의 한국 고등학교에 입학한 상태였다.

그것도 만점에 예의상 딱 한 문제를 틀리고 들어가 3년 장학생으로 선발되었다.

일 년에 기본 학비만 2,000만 원에 가까운 한국 고등학교.

더 이상 미룰 수 없었다.

대학교도 아닌 고등학교는 본 나이 때 들어가야 친구를 사귈 수 있었다.

내가 계획한 인생 찬란 햇살 프로젝트에 반드시 한국 고등학교가 필요했다.

"그래……. 너의 뜻이 정히 그렇다면 그리하거라. 단, 보이지 않는 고수들을 조심하거라. 세상에는 보이는 것보다 보이지 않는 것들이 더 많음을 명심하고."

"스승님의 말씀 뼈에 사무치게 새기겠습니다."

오늘따라 팍팍 느껴지는 스승의 은혜.

고개를 깊숙이 숙여 고마움을 전했다.

"그건 그렇고……. 어째 봉투가 진정 얇구나. 얼마 전에 왕 사장이 섭섭지 않게 챙겨 보낸다 했는데……. 설마…… 삥땅친 건 아니지?"

삥땅이라는 어울리지 않는 언어를 거침없이 날리며 게슴츠레 나를 바라보는 양 도사.

"스승님! 제자는 앙꼬없는 찐빵처럼 신의없는 놈이 아닙니다!"

'헐!'

방금 전에 조심하라 진한 충고를 날리던 스승 양 도사.

어느새 봉투를 열어보고 보너스 얘기를 흘렸고 그보다 강한 부정을 통해 반격을 가했다.

'그럼 그렇지……. 어휴, 잠시나마 믿었던 내가 바보지.'

한번 습득한 사람의 본성은 죽을 때까지 변하지 않는다고 어느 책에서 보았던 말이 생각났다.

그리고 다시 한 번 확인하는 이 순간.

쩝쩝 입맛만 다셔질 뿐이었다.

"그래? 그럼 말고……."

이제는 극성에 이른 뻔뻔함이 스승의 의심 일초를 확실하게 막아냈다.

"그런데 오늘따라 탕수육 맛이 단 것 같구나."

어느새 안면을 몰수하고 탕수육에 젓가락을 바쁘게 움직이는 나의 스승님 양 도사.

'잘 먹고 잘사십시오!'

내일 아침 일찍 떠날 생각이었기에 평소보다 두 배 양으로 튀겨온 바삭바삭한 탕수육.

아직 눈발이 흩날리는 설악산 어느 골짜기에서 양심없는 스승은 요리를 깔아놓고 제자에게 한 점 먹어보라는 말도 없이 혼자 해치우고 있었다.

오늘 못 먹으면 평생 다시 맛볼 수 없는 것을 대하듯 젓가락과 몰아일체가 되어버린 기인, 아니 괴인.

이 양반 옆을 떠나는구나 생각하니 쬐금 짠한 생각이 들었
다.

제자 하나 만들어 노후 연금보험으로 활용하려던 양 도사의
시커먼 속내.

그래도 그동안 쌓았던 정이 거짓은 아닌 듯 이별의 아픔이
괴로움으로 살짝 몰려왔다.

지난 3년간의 시간.

결코 짧은 시간이 아니었다.

부모님이 돌아가신 이후 모양이 어찌 되었든 처음 나를 품
어주었던 사람이 아닌가.

그가 바로 설악산의 사기꾼 양 도사인 것이 문제지.

누가 뭐라 해도 내가 선택한 스승이라는 것은 변함없는 사
실.

그가 비록 나를 새파란 세종대왕으로 볼지라도 난 이자를
스승이라 부르고 있다.

세상에 공짜가 없는 법.

나 또한 스승께 받아 처먹은 게 적지 않았다.

'흐흐흐, 내일… 그곳에 가리라.'

서로 물고 물리는 인간 세상.

내 속에서 또한 알 수 없는 미소가 한가득 환하게 퍼지고 있
었다.

제3장
독립선언문
마스터 K

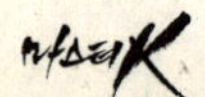

터덕 터더덕.

머칠 전 내린 상당했던 눈발에 뒤덮인 설악산의 여러 봉우리들.

스승님께 아침 일찍 하직 인사를 남기고 가방 하나 메고 정겨웠던(?) 골짜기를 빠져나왔다.

복구골이라 불렸던 설악산 내산 중에서도 유원지와 가까운 곳.

스승님이 설치한 진법으로 인해 가까이에 인접한 민가가 있음에도 그 누구도 찾아올 수 없었다.

더욱이 설악산의 다른 주봉과 달리 개발이 거의 없는 화채봉.

그 덕에 나의 놀이터이자 수련장으로는 더할 나위 없이 좋았던 곳.

'이런 곳에 황금동자 산삼이라니! 하늘이 주신 특별 보너스가 아니겠는가! 흐흐흐.'

작년 가을 가파른 능선에서 발견한 천종, 그것도 잎가지가 여덟 개나 되는 황금동자 산삼은 설악산 산신령이 나에게 주신 이별 선물이었다.

7구 천종산삼만 되어도 그 값어치가 엄청났다.

그런데 8구 산삼이라니.

베테랑 심마니들마저 꿈에서도 평생 한 번 볼까 말까 한다는 황금동자 산삼.

여태 설악산에서 먹고 마셨던 약초들과는 차원을 달리했다.

'어차피 스승님은 살 만큼 사신 양반이니까. 앞길이 창창한 내가 먹는 게 당연한 이치.'

벽에 똥칠하고 그 똥을 떼어 먹을 나이가 훨씬 넘어선 양 도사.

새장가 들 것도 아니실 테니 귀한 산삼까지 복용할 필요가 없을 것으로 판단됐다.

죽기 전까지 기력 떨어지면 좋아라 하시는 장생도라지나 씹어 먹으며 여생을 보내시면 그만일 터.

'어디 있노~ 이 형아가 왔다.'

겨울 산행에서 산삼을 찾는 일은 수십 년 경력 심마니도 쉬운 일이 아니었다.

산삼 찾는 전문 개코도 아니고 어찌 줄기 하나 없이 땅속에 몸을 파묻고 있는 삼을 찾을 수 있단 말인가.

하지만 난 아니었다.

산삼의 약효는 가을과 겨울이 가장 좋을 때.

나만이 알아챌 수 있는 방법으로 황금동자 산삼이 있는 곳을 표시해 두었다.

처벅, 처벅, 처벅.

무릎까지 차오르는 눈길 속이었지만 어렵지 않게 산길을 헤쳐 나갔다.

등산로도 없는 위험한 곳이었지만 강철 체력과 이곳 산세를 알고 있는 산중 주인답게 거칠 게 없었다.

'바로 저기다!'

슬쩍 나만 알 수 있게 나무와 바위들을 이용해 표시해 둔 곳. 삼각형의 꼭짓점을 이룬 곳에 정확하게 위치한 황금동자 산삼.

"흐흐흐."

스승님이 없는 자리이다 보니 여태 감춰두었던 웃음이 실실 흘러나왔다.

양지보다 음지에서 서식하는 산삼답게 아무나 볼 수 없는 장소에 자리 잡은 산삼.

"산신령님~ 잘 먹고 잘살겠습니다!"

나도 예의를 모르는 놈이 아니었다.

우선 공손하게 합장하고 설악산 산신령님께 감사함의 인사를 꾸벅 올렸다.

"연장도 준비되었고~"

땅이 얼어 있었지만 내공을 사용할 줄 아는 나에게는 문제가 되지 않았다.

더욱이 채심할 때 사용하는 날이 길고 가는 조그마한 곡괭이까지 준비되어 있는 상황.

위치를 정확하게 파악한 후 자세를 잡았다.

스스스슥.

산삼 위에 쌓여 있는 눈들을 살살 쓸어서 치웠다.

"오! 땅에서 풍겨 나오는 영기 좀 봐! 오홋~"

산에 묻혀 밤낮없이 몇 년 살아 산과 한 몸이 되었고 선천태극오행기공 덕분에 극도로 영감과 기가 발달했다.

그런 내 감각에 잡혀오는 엄청난 기운.

철컥.

조심스럽게 산삼이 있는 곳을 중심으로 사방에 곡괭이를 찔러 넣고 파기 시작했다.

산삼은 해를 거듭할수록 잔뿌리가 줄긴 했지만 혹시 뿌리라도 하나 상할까 조심스럽게 파 들어갔다.

"팔면 돈이 제법 되겠지만 그깟 돈은 다시 벌면 그만이야. 그러나 평생 다시 볼 수 없는 황금동자삼은 내가 먹겠어! 몸이 건강해야 돈도 있고 사랑도 있고 미래도 있는 법이지!"

막 이성에 눈을 뜨기 시작할 무렵 양 도사에게 끌려와 설악산에 처박혀 살아야 했던 나.

보육원 생활 당시에 미모의 여선생님과 누나들이 나를 상당히 아끼고 챙겨주었다.

다른 아이들보다 육체적으로 성숙하고 어린아이 같지 않게 말을 조리있게 했던 나를 다들 존중하고 기특해 했다.

하지만 그게 끝이었다.

향긋한 화장품 냄새 한 번만 맡아도 불끈 심장에서 뜨거운 피가 도는 나이였는데 약초 캐고 주방에서 짜장면, 짬뽕, 탕수육 등 조리에 미쳐 이성을 구경할 틈도 없었다.

새벽 4시부터 시작해 자정 12시까지 이어지는 강행군.

기초가 튼튼해야 한다는 스승님의 강력한 조련법에 의해 난 남자가 아닌 산짐승과 앵벌이 기계로 전락했다.

사실 산중과 북경루 주방에서는 이성을 생각할 여유도 없었다.

골짜기에서 북경루 주방까지 출근하기 위해 달리기 바빴고 주방으로 들어서는 순간부터 일하기 바빴다.

가는 중에 알록달록 등산복을 입은 상큼한 누나들을 몇 번 보았지만 역시 보는 것만으로 만족할 수밖에 없었다.

하긴 최전방에 떨어진 이등병만도 못한 처지가 나였다.

목숨을 부지하고 살아서 골짜기를 빠져나가야 한다는 것이 인생 최대의 과제로 남아 있던 시절이기도 했다.

그림의 떡이 달리 그림의 떡이 아니었다.

"서울, 그것도 강남이다!"

부모님이 돌아가신 뒤 무려 8년 동안 기다려 왔던 이 순간.

서울 입성 후 다시는 설악산 쪽으로는 노상방뇨도 하지 않을 참이었다.

캉.

"엥?"

얼마간 얼어붙은 바닥을 조심스럽게 쑤시던 내 귀에 들려오는 작은 마찰음.

"쇠, 쇳소리?"

황금동자삼이 얼어붙어 쇠가 될 리가 없었다.

사사사사사삭.

빠르게 삼이 있는 곳 주변을 파내려갔다.

"허억……! 저건!"

그리고 난 잠시 후 모습을 드러낸 황금동자삼의 실체에 넋이 나갔다.

"크으……!"

눈물이 앞을 가렸다.

환하게 나를 향해 미소를 띠고 있어야 할 황금동자삼 대신 얼어붙은 땅속에 고이 잠자고 있는 물체는 바로… 내가 스승님께 탕수육 조달 시 쓰던 특수 제작 도시락통이었다.

파르르르.

도시락통을 꺼내 든 손은 수전증이라도 걸린 듯 발발발 떨렸다.

오직 이날을 위해 양심과 타협하며 버텨왔는데 완전 하룻밤 개꿈이 되었다.

딸깍.

무한 분노에 사로잡혀 도시락통을 열었다.

파라락.

그 순간 바닥으로 떨어지는 종잇장 한 장.

급히 종이를 폈다.

"인연이 아직 아님을 알기에 당분간 이 몸이 보관하고 있겠다. 민아, 부디 서울 가서 대성하거라. 네가 티브이에 나오는 그날을 부족한 스승은 손꼽아 기다리고 있으마……."

짧고 간결한 스승님의 마지막 전언.

"그리고… 잊지 말거라. 네가 선천태극오행기공으로 나를 뛰어넘는 그 순간까지 모든 수입의 반절은 내 몫이라는 것을……. 크헉!"

피를 토하며 쓰러진다는 상황이 이런 심정을 두고 한 말이리라

빼앗긴 황금동자삼도 억울한데 미래 수익의 반절도 자신 것이라고 확신하는 양 도사.

"스승의 은혜는……♩ 개떡 같아서…… ♪ 우러러 볼수록 원망만 하네♬♩……! 크으! 양 도사! 끝까지 이러실 거예요!! 크아아아아아!"

마지막으로 불러보는 스승의 개떡 은혜라는 노래.

설악산 흔들바위가 내 목소리에 놀라 굴러 떨어질 정도로 온 힘을 다해 나의 스승 양 도사를 불렀다.

그러나 대답없는 님의 목소리.

"절대 국물도 없어……!"

사나이 강민의 독한 다짐.

먹고 먹히는 사바나 초원 같은 세상.

스승이라고 해서 입장이 다를 게 없었다.

무한 공정 경쟁.

'스승님, 제가 티브이에 나오는 일 없을 겁니다! 그리고 정 이렇게 나오시면 성년이 되는 그날 영영 찾을 수 없도록 개명 신청할 겁니다!'

지금쯤 고량주 안주쯤으로 전락해 버렸을 황금동자삼.

피눈물을 삼키며 스승이 계시는 서쪽 하늘을 눈알이 휙 돌아갈 만큼 노려보았다.

떠나는 그날까지 나를 실망시키지 않는 설악산 사기꾼 양도사.

영원히 잊지 못할 소중하다 못해 처절한 인연이었다.

"여기 열쇠, 한국 고등학교 학생이라 많이 깎아준 거야. 그럴 일 없겠지만 친구들 데려와 술 마시고 그러면 안 돼."

원룸 건물 주인인 장씨 아저씨.

오십대 초반인 아저씨는 후덕한 인상으로 만면에 미소를 지으며 열쇠를 건네주었다.

"고맙습니다! 앞으로 잘 부탁드리겠습니다!"

세상 참 좋아졌음을 또다시 실감했다.

북경루에 있을 때 쉬는 시간 틈틈이 알아보았던 자취방.

쉬는 날이라고는 전혀 없었던 날들.

지낼 곳을 알아봐도 가볼 수 없어 인터넷 부동산을 통해 모든 걸 처리했다.

몇 개 되지 않는 짐을 끌고 고속버스를 탔다. 그리고 강남 고속버스터미널에 내려 내가 앞으로 몇 년을 지내야 할 보금자리에 막 도착했다.

'드디어, 강남 입성이다!

4층짜리 대형 원룸 건물의 옥탑방.

살짝 흘러나오는 말에 의하면 3층까지 층당 열 집이 거주하고 있고, 4층은 주인이 독채로 쓰고 있다고 했다.

원래 내가 입주하는 옥탑방은 비워두려고 했지만 이곳에 살던 아들이 해외 장기 유학을 가는 바람에 부득이 내놓게 되었다고 한다.

'강남, 강남이다! 흐흐흐.'

강남에서 방배동이라 불리는 이곳.

저 멀리 떨어져 있는 아파트 말고는 주변에 이렇다 하게 높은 건물도 없었다.

설악산 정상들처럼 탁 트이지는 않았지만 나름대로 상상했던 장소보다는 훨씬 나았다.

"에어컨에 개인 화장실, 게다가 욕실! 크으! 부엌에 냉장고도 있어!"

태어나 처음으로 누리게 된 개인 독립공간.

강원도 산골짜기에서 계곡물에 휩쓸려 내려간 나의 청춘.

여름에는 모기에 뜯기고 겨울이면 1미터씩 내리는 눈 속에서 살던 나에게는 환상 그 자체였다.

주인집 아들이 기거하던 공간이어서 그런지 옥탑방은 꽤 넓고 쾌적했다.

새로 도배까지 한 듯한 방은 약 15평 정도.

출입구를 제외한 삼면에 창이 나 있는 데다 주인집 이외에는 출입이 제한되어 있는 곳이었다.

"공부 열심히 하고. 뭐, 궁금하거나 필요한 것 있으면 언제든 찾아 오거라. 보아하니 혼자 사는 것 같은데 밑반찬으로 김치를 몇 포기 가져다주마."

"존경합니다!"

"하하, 녀석. 넉살도 좋다."

깊숙이 허리를 숙여 인사하자 기분 좋게 웃음을 터뜨리는 주인아저씨.

야박하기로 소문난 게 서울 인심이라고 하던데 나에게는 비단 같은 마음을 보였다.

"젊어 고생은 사서도 하는 법. 한국 고등학교에 들어올 실력이라면 대한민국 1프로 안에 드는 실력일 테니 쉬지 말고 공부해라. 3년만 꾹 참고 공부하면 네게도 새로운 세상이 열리지 않겠니."

이곳 강남에서는 서울 대학교만큼이나 알아주는 한국 고등학교.

명문 사립 고등학교답게 수업료는 엄청 비쌌지만 그만큼 단

시간에 이름을 떨쳤다.

학력뿐만 아니라 야구, 축구, 골프, 수영, 체조, 미술에 음악까지 다양한 인재를 선발하는 대한민국 최고의 사립학교.

그렇게 긴 역사를 소유한 학교는 아니었지만 짧은 시간에 대한민국을 휩쓸었다.

"가르침 평생 잊지 않겠습니다."

앞으로 내 인생에 있어서 상당한 도움이 될 인연이 분명한 주인집 아저씨.

착한 학생의 모범을 보이며 고개 숙여 예의 바른 행동을 했다.

"그래, 그럼 나머지 정리해라. 이것저것 필요할 게 많은 것 같은데 저기 길 건너편에 투플러스 매장이 있다."

내려가는 순간까지 알뜰하게 살펴주며 말을 건네는 주인 장씨 아저씨.

"저녁에 찾아뵙겠습니다."

"그래, 김치하고 밑반찬 몇 가지 준비해 두마."

짧은 순간이지만 나에게 지극한 관심을 보여주었다.

그도 그럴 것이 내 모습이 키는 컸지만 아직은 열일곱.

어린 나이에 홀로 독립해서 서울 생활을 하는 게 쉽지 않다는 사실을 아는 것이리라.

그러나 주인집 아저씨가 죽었다 깨어나도 모르는 게 있었다.

설악산 골짜기 너와집에 비하면 이곳은 꿈에서 그리던 유토

피아라는 사실을 말이다.

'호랑이, 등산하다 죽은 처녀귀신, 여우와 늑대 울음소리 없는 이곳! 하아~ 매연 냄새도 향기로워라!'

아직도 가끔씩 꿈속까지 찾아와 나를 협박하는 각종 설악산 혼령들의 소름끼치는 흐느낌들.

이제는 안녕이었다.

"이제 독립선언문을 낭독할 차례군!"

꿈에서도 그리던 이 순간.

고개를 들어 설악산과 확연히 다른 서울의 회색빛 하늘을 바라보았다.

"하늘에 계신 아버지, 어머니. 아들 강민, 이제 세상을 향해 진정한 독립의 첫발을 내딛었습니다. 부디, 여태 그러셨던 것처럼 그곳에서 평안하게 지켜봐 주십시오! 아들 강민이 온 세상을 제 이름으로 도배하는 진정한 독립의 그날까지 아낌없는 후원 부탁드립니다! 결코 실망시켜 드리지 않겠습니다!"

마음이 뿌듯했다.

서울, 그것도 강남 한구석 넓은 옥상에 나 혼자만의 독립공간이 생겼다.

그것도 강남치고는 믿을 수 없는 보증금 1,000만 원에 월 40 짜리 공간.

주인아저씨는 한국 고등학교 입학생이라는 말에 두말없이 약속대로 방 키를 건네주었다.

원래는 60만 원 이상 받아야 하지만 한국 고등학교 학생이라는 프리미엄 때문에 무려 20만 원이나 깎아주었다.

함께 살고 있는 주인집 아저씨의 자녀 중에 한국 고등학교 교사가 있다고 했다.

"놀면 뭐해. 알바 자리도 알아보고 살림도 장만해야지."

사기꾼 양 도사에게 잡혀 설악산에서 보낸 고난 행군의 시간.

허랑방탕하게 시간을 죽이며 보내지 않았다.

보너스까지 합쳐 4,000만 원에 가까운 돈을 손에 쥐었다.

안 먹고 안 입고, 등산화에 일 년 사시사철 체육복 추리닝 하나 걸치고 생활했다.

그러나 이제는 아니었다.

속초와 설악산과 비교할 수 없는 더 넓은 강남 무대.

"이제 다 죽었스!"

옥탑방에서 바라본 서울의 풍경.

어느새 하나둘 불이 켜지는가 싶더니 순식간에 불야성을 이루는 화려한 서울의 야경.

주먹을 불끈 움켜쥐었다.

피붙이 하나 없는 고아에 미성년자 신분, 사회적으로 약자일 수밖에 없지만 나는 성장할 것이리라.

저 넓은 불야성을 다 삼켜 버릴 거대하고 뜨거운 심장이 내 안에 숨겨져 있다.

오직 나만이 알고 있는 세상 모든 걸 담아버릴 엄청난 아공간이 말이다.

"라라라~ 라라~"

촤르르르륵.

신나게 마트 바닥을 구르는 대형 카트.

'이게 바로 인생 사는 맛 아니겠어! 움하하하.'

속초에 있던 대형 마트보다 두 배나 더 큰 투플러스 매장.

자취생에 필요한 냄비와 프라이팬, 도마와 칼, 각종 양념류를 한가득 장만했다.

카트 위에 수북하게 쌓여 있는 화려한 세상 사는 데 필요한 물건들.

얼마나 꿈꾸던 나만의 것인가.

산골짜기 너와집에 있던 살림 도구라고는 아궁이와 무쇠솥, 숟가락과 젓가락 두 벌, 밥그릇 두 개가 전부였다.

봄과 가을까지는 산에서 나는 각종 산나물과 버섯이 반찬의 전부.

가끔 더덕이나 삶은 북경루 주방에서 얻어온 고추장이나 된장에 찍어 먹으면 끝.

밥이야 무쇠솥에 하니 꿀맛이 따로 없었지만 난 도인 아닌 도인의 삶을 살아왔다.

뭐, 가끔 진법에 갇혀 길 잃은 멧돼지나 고라니, 토끼 등등을 잡아 냇가에서 진흙구이를 해먹기도 했지만 한참 자랄 나이인 나에게는 어림없는 식단이었다.

사정이 이 정도니 난 먹고살기 위해 북경루에 취직할 수밖에.

　장생도라지와 더덕 예찬론자인 스승님 앞에서 성장기에 있는 청소년의 영양 균형에 대한 소리는 어림없었다.

　그나마 스승님이 고기를 즐겨 드셨던 분, 그 덕에 내가 버틸 수 있었다.

　만약 진짜 이야기 속의 신선들이었다면 21세기에 솔잎과 쌀가루를 씹어 먹으며 눈물의 세월을 보내다 나도 설악산의 객귀가 되었을 것이다.

　치이익, 치이익.

　"마음껏 시식하고 가세요~ 오늘 특별 세일 중인 한우 불고기입니다!"

　"제주도 청정 무항생제 흑돼지입니다. 한번 맛보면 둘이 먹고 둘이 싸울 정도로 환장하게 맛있습니다!"

　"국내산 돼지고기가 90프로 이상 들어간 프리미엄 햄입니다. 맛보시고 구입하세요. 오늘은 원 플러스 원 행사 중입니다."

　"방금 맛 구운 모카빵입니다. 시식해 보세요."

　"수입 맥주 할인전입니다. 한 잔 맛보시고 구입하세요."

　'허억! 이, 이것은!'

　1층에서 잡다한 생필품을 구매하고 당분간 먹을 찬거리를 구하기 위해 지하 매장에 들어서는 순간 내 귀에 들려오는 천상의 목소리들.

　치이이익 치이이익.

　지하 매장에 가득 퍼져 있는 고소한 꽃기름 냄새.

꿀꺽.

마른침이 저절로 넘어갔다.

'저게 다 공짜란 말이지! 흐흐흐.'

금요일 저녁 시간이라 그런지 마트 안에는 사람이 제법 많았다.

농담이 아니고 속초에서 가을에 설악산 단풍 구경 오는 등산객 다음으로 태어나 만나보는 수많은 이들.

그런 손님들을 유혹하기 위해 넓은 지하매장 곳곳에서 파티가 벌어지고 있었다.

내 손으로 갖가지 요리를 조리해 낼 수 있는 것도 사실이지만 난 중화요리보다는 삼겹살이 좋았다.

스승님과 함께 너와집으로 찾아온 족히 200근은 나갈 것 같은 멧돼지 한 마리를 단둘이서 이틀 만에 해치운 적도 있었다.

그런 나에게 있어 지하매장의 정다운 유혹의 소리는 눈물나게 고마운 현실.

'오늘 한 끼는 여기서 해결한다!'

수중에 제법 돈이 있었지만 이렇게 공짜를 놔두고 돈 주고 사먹는 짓은 살인죄 다음으로 큰 죄.

파바바밧.

'오케이! 일단 삼겹살부터 시작해서, 돈까스와 만두, 빵과 스파게티, 우유 코너를 돌아 커피와 건강음료……. 마지막으로 과일 코너까지! 딱 세 번만 돌자!'

순식간에 동선 파악을 끝냈다.

다른 것도 아닌 이 저녁을 버텨줄 귀중한 음식을 대하는 일.

경건하고 숭고한 정신으로 내 할 일을 정했다.

촤르르르르르르.

신속하게 카트를 밀고 제1코스로 향했다.

먹이를 노리는 한 마리 배고픈 독수리처럼 지금 막 노릇하게 구워 시식대 위에 올려놓는 삼겹살을 향해 손을 뻗어갔다.

"이쁜 이모~ 이거 먹어도 되죠?"

"그럼요. 마음껏 드세요. 호호."

"감사합니다!"

삼겹살을 올려놓고 가위로 자르던 사십대 중반의 아주머니.

이쁜 이모라는 말에 활짝 웃으며 마음껏 먹으라고 눈을 맞춰주었고 나는 바로 고개 숙여 감사함을 전했다.

휘릭.

손에 들린 녹말 이쑤시개.

시식대 위에 놓인 아직 뜨거운 상태의 고깃점.

한때는 돼지의 자랑이었을 삼겹살을 맹렬하게 공격해 갔다.

우적우적.

'오! 바로 이 맛이야!'

육즙이 뚝뚝 떨어지는 소금과 후추 간이 제대로 밴 삼겹살 구이.

혀끝에 닿는 뜨끈한 기름이 온몸의 세포를 깨우는 듯했다.

제주도 청정 무항생제 흑돼지 구이.

씹을수록 탄력적이며 고소한 그 맛은 배고픈 나를 해탈로 이끌어주는 고마운 부처였다.

"이모, 맛이 끝내줘요!"

"호호, 그래? 잘생긴 학생이 그리 말해주니 고마워. 자, 배고픈 것 같은데 이것도 마저 먹어."

어느새 기다란 삼겹살 한 줄을 모두 해치우자 예뻐 죽겠다는 표정으로 막 구워진 다른 삼겹살을 시식대 위에 올려주는 아주머니.

'남자나 여자나 생기고 봐야 한다니까.'

여인의 미모가 남자들에게는 무기요, 같은 여인들에게는 짜증이듯 잘생긴 남자들도 마찬가지였다.

더구나 요즘 세상은 여성상위시대.

뭇 누님들에게 귀여움을 받아서 나쁠 게 없었다.

우적우적.

다른 손님이 시식하기 위해 올 수도 있는 상황, 재빠르게 내 몫이라고 올려놓은 삼겹살을 쓸어 담았다.

"이모~ 수고하세요. 다음에 또 오겠습니다!"

"그래, 호호. 다음에 또 와."

대충 잡아도 200그램은 족히 나갔을 삼겹살 두 줄.

식당에서 1인분으로 정한 양의 삼겹살을 포식한 뒤 난 다음 코스로 향했다.

"아주머니~ 이거 정말 토종 오리예요?"

"그럼. 한번 먹어봐. 육질이 아주 끝내줘."

"그래요? 그럼 한번 먹어볼까요."

"무료 시식이니까 마음껏 먹어. 보아하니 한참 먹을 나이의 학생 같은데, 오늘 영양 보충 좀 해. 호호."

"감사합니다! 복 많이 받으세요."

"호호, 그래. 내 아들도 학생처럼 인사성이 밝으면 얼마나 좋을까~"

웃으며 대하는 나를 향해 밝게 맞아주시는 시식 코너의 아주머니들.

아무리 둘러봐도 서비스 직업이라 힘들 만도 할 텐데 전혀 피곤한 기색을 보이지 않았다.

아들뻘쯤 되는 나를 향해 어머니의 마음을 전해주는 아주머니들의 따듯한 관심이 외려 고마웠다.

'그래, 아직 세상은 살맛 나는 곳이야.'

사기꾼 양 도사 같은 사람도 있지만 여기 있는 아주머니들처럼 자신의 힘으로 먹고사는 이들이 세상에 더 많은 것 같다.

살맛 나는 세상.

오늘만큼은 마음껏 시식하며 내 살을 찌우리라 마음먹었다.

"와! 누나 정말 예쁘시네요! 혹시 모델 아니세요?"

"어머~ 손님~ 정말 그렇게 보이세요?"

시원한 매실 주스 시음 코너를 담당하고 있던 제법 날씬한 특판 사원.

대학생이라도 되는 듯 나이는 이십대 초반쯤으로 보였고 기다란 생머리에 키는 170 정도로 늘씬했다.

속초라면 한 미모 한다는 소리 들으며 시내를 휩쓸고 다닐 만한 외모였지만 강남에서는 판매 아르바이트생 정도에 만족할 만한 미모.

살짝 피곤한 기색을 한 그녀의 얼굴은 금세 비를 만난 사막의 선인장처럼 활기를 뿜어냈다.

나의 별 의미 없는 말 한마디에 활짝 웃으며 얼굴 가득 생기가 퍼진 것이다.

말 한마디가 주는 위력.

"누나, 이 매실 주스도 누나처럼 매력적일까요?"

"호호, 한번 맛보세요. 잘생긴 손님이니까 큰 컵에 드릴게요."

누나라고 호칭하는데도 교육받은 듯 결코 말을 놓지 않는 아르바이트생 누나.

쪼로록.

시원한 통에 담겨 있던 매실 주스를 종이컵에 가득 따라 건네주었다.

꿀꺽꿀꺽.

"캬아!"

술도 아닌데 살짝 오버하는 표정을 지었다.

"정말 맛있어요!"

"호호, 그래요? 그럼 이거 한 병 가져가요. 사은품이니까 계산 안 해도 됩니다."

"누, 누님! 외모도 출중하시고 예쁘신데 마음도 비단결 같으시네요!"

“뭘 이 정도 가지고…….”

초롱초롱한 눈망울로 누나를 외치며 바라보자 얼굴을 사르르 붉히는 판매 아르바이트 누나.

‘음료수값 굳었다!’

딱 마셔 봐도 잡스러운 탄산음료와 비교할 수 없는 매실 주스.

말 한마디로 천 냥 빚을 갚는다더니 말 몇 마디에 공짜 음료를 챙겼다.

역시 서울, 이 강남이란 곳도 웃는 얼굴에 공짜 음료로 보답해 주는 살만 한 곳이 분명하다.

“예쁜 누님, 다음에 또 놀러오겠습니다.”

“그래~ 난 금토일에만 근무해요. 그때 맞춰서 와요.”

“네! 그럼 해피한 저녁 되세요.”

다음에 또 놀러온다는 말에 엄청나게 반가워하는 누나.

싱긋 미소와 함께 윙크까지 덤으로 선사해 주었다.

“어머…….”

내 윙크질 한 번에 고개를 숙이며 얼굴을 빨갛게 물들이는 귀여운 누나의 모습.

즐거운 쇼핑이 아닐 수 없었다.

“정말 세상 편하다니까. 배달도 다 해주고 말이야.”

투플러스 매장에서 배불리 한 끼를 해결하고 구입한 각종 살림들은 배달을 맡겼다.

강남 쪽이라 그런지 매우 친절하게 늦은 밤까지 배달을 해 주는 대형 마트의 친절함.

난생처음 경험해 보는 편리함이었다.

"내일은 교복도 준비하고 옷도 몇 벌 사야겠어. 아무리 지지리 궁상으로 살았다지만 이게 뭐야. 쯧쯧."

속초에서 서울로 상경하는 날 시장에 들러 대충 구입한 청바지와 오리털 한 올 섞이지 않은 시장표 겨울용 패딩.

안에 입은 것이라고는 회색 면티 하나가 전부였다.

물론 신발도 바꿨다.

일 년에 몇 켤레씩 닳아 버려졌던 등산화와 함께 난생처음 요즘 잘나간다는 M밸런스 청색 운동화를 한 켤레씩 구입했다.

나름 속초에서는 그냥 봐줄 만한 패션이었지만 짧은 순간 이 동네를 돌아다녀 본 결과 내 꼬라지는 노숙자와 다를 바 없었다.

다행히 큰 키에 완벽하게 조화를 이루는 몸매와 핸섬한 얼굴이 아니었다면 얼굴을 들고 다니기 힘들 정도의 몰골.

물론 기가 죽지는 않았다.

다만 흙탕물에 들어가 나 홀로 청정 1급수라고 주장하고 싶지 않았다.

스승님께 배운 첫 번째 처세술 하나.

그건 바로 진정 실력을 드러낼 때가 아니라면 둔갑해 몸을 보존하라는 내용.

모난 돌이 정 맞고 잘난 놈이 욕먹음이 세상 법칙이었다.

더욱이 나는 사회적 약자인 천애고아에 보육원 출신.

잘난 머리와 엄청난 운동 신경, 남들과 다른 능력은 굳이 드러낼 필요가 없었다.

아직 덜 자란 새끼 사자는 사자이기 이전에 보호받아야 할 존재.

스스로 파악하기에 난 세상을 향해 포효를 터뜨릴 준비가 아직 되어 있지 않았다.

타다다다닥.

구입한 물건들을 배달로 맡겨놓고 가뿐한 걸음으로 원룸 내부의 계단을 타고 나의 보금자리로 향했다.

이불까지 새로 구입해야 할 만큼 아무것도 없는 방 안이었지만 나의 공간이 벌써 좋았다.

산속에서 가끔 부모님 생각에 잠들지 못할 때가 있었다.

그럴 때마다 마당에 나가 별을 세다 눈탱이 빠질 뻔한 너와 집의 끔찍한 추억.

별천지인 것도 끔찍한 추억일 수밖에 없었던 현실.

그곳을 말끔히 기억 속에서 지워 버리고 내 인생 제2의 고향은 이곳 방배동의 스타 원룸의 옥상임을 다시 각인시켰다.

'응?

그렇게 4층 주인집 계단을 타고 막 옥상으로 나 있는 출입문을 통과하는 순간.

갑자기 눈에 보이는 한 존재.

사라라라라라.

아직은 차가운 2월의 끝자락에서 부는 칼바람을 타고 콧구
멍으로 들어오는 향긋한 냄새와 두 눈에 보이는 바람에 흩날
리는 긴 생머리.
　‘여, 여자?’

제4장
땡큐! 땡큐!
마스터K

그랬다.

놀랍게도 옥상의 거룩한 나의 방 앞에 한 여인이 서 있었다.

늘씬한 키는 방금 전 마트에서 보았던 아르바이트 누님만큼은 되어 보였다.

그러나 결정적으로 내 눈에 꽂혀 스캔되는 모습은 달랐다.

깔끔한 진회색 정장 차림에 하이힐을 신고 기막힌 뒤태를 보이며 서 있는 여인의 자태.

나올 데는 확실히 나와 주고 들어갈 데는 아낌없이 들어간 S라인의 허리.

허리에서 멈춘 짧고 긴 방울 몇 개가 달린 귀여운 코트와 약간은 화려한 여러 색감의 스카프는 묘한 매력을 풍겨내었다.

‘뒷모습 하나는 엄청나군.’

풍겨오는 분위기와 뒷모습은 모델 뺨쳤다.

설악산 골짜기에서도 스승님 덕분에 고물 티브이로 요즘 대세인 뭇 연예인들을 구경할 기회는 있었다.

그 덕에 일주일에 한 번씩 배터리 가게로 뛰어가 충전해 오던 나의 고충.

스승님을 만난 뒤로 몸에 한 달에 한 번 5킬로씩 늘려, 후에는 50킬로 무게의 쇳덩어리를 차고 살았던 나였기에 가능한 일이었다.

“누구십니까?”

속으로 떨리고 놀란 건 사실이지만 그와 달리 목소리는 차분하게 흘러나왔다.

야심한 시각이 되어 가는데 이 시간에 옥탑방에 찾아올 여인이 없었다.

스윽.

‘오우! 지저스!’

내 부름에 옥탑방 문 쪽을 바라보고 있던 여인이 고개를 돌렸다.

그 순간…….

난 티브이에서나 보았던 요즘 한창 대세인 여인상을 눈앞에서 보았다.

170은 훌쩍 넘을 것 같은 늘씬한 몸매의 정체 모를 여인은 지저스를 외칠 만큼 얼굴 또한 완벽했다.

턱 선이 날카로워 차갑고 도도해 보이는 미모의 여인.

큰 키와 펼친 손바닥만 한 작은 얼굴은 티브이 속 미인의 정석 그대로를 따랐다.

화장을 한 까닭에 기다란 눈썹은 쌍꺼풀진 커다란 눈동자와 완벽하게 어울렸고, 새하얀 피부 위에 덧입혀진 투명한 색조 화장은 보는 눈을 즐겁게 했다.

입술은 작지 않았다.

나를 보고 씨익 미소 짓는 상쾌한 입술과 눈웃음은 정신을 혼미하게 할 지경이었다.

꿀꺽.

아름다운 여인이 맛난 요리도 아닌데 왜 침은 목구멍으로 넘어가는지.

'완전 내 이상형이야!'

몸매와 얼굴이 이미 착할 대로 착한데 긴 생머리에 화려하지 않으면서도 정갈함을 풍기는 옷차림은 내가 속으로만 그리던 이상형 그대로의 모습.

겉모습은 차가운 도시녀의 외모였지만 미소 하나만은 산에 핀 진달래꽃 같은 여인.

"네가 민이니?"

'캬아, 목소리까지 저리 고우면 나보고 어쩌라는 겁니까!'

나이는 이십대 초중반 정도?

어린아이들이 감히 흉내 내지 못할 매력을 물씬 풍기는 여인의 목소리는 아나운서들보다 매력적이고 싱싱했다.

"그렇습니다만… 누구십니까?"

"호호, 만나서 반가워. 아빠가 우리 학교 학생이 새로 이사 왔다고 해서 궁금해서 올라와 봤어."

'한국 고등학교 선생님이라던 그분!'

평범한 장씨 아저씨에게 저런 미모의 딸을 생산할 유전자가 있을 것이라고 누가 감히 상상이나 할 수 있겠는가.

"강민이라고 합니다. 앞으로 잘 부탁합니다."

미모의 여인이고 나발이고 내가 다닐 학교의 선생님이라는 신분.

요즘 세상이 하도 개판이라 학교도 개판 오 분 전이라곤 하지만 선생님은 선생님.

세상에 포효하는 그날까지 착한 모범생 모드로 살고자 원을 세웠기에 예의를 다했다.

아니, 양 도사 덕분에 완벽하게 잡혀 있는 어른 공경 의식.

"반가워, 장세아라고 해."

'세아……. 이름도 그~웃이네.'

이름도 잘 어울리는 완벽한 바디 라인과 마스크.

나를 호기심 넘치는 눈빛으로 바라보는 장세아 선생님의 눈동자가 반짝였다.

"깜짝 놀랐다. 우리 집에 이사 온 네가 우리 학교 입학생이라는 사실에 말이야. 토익 CBT가 300점 만점이라며? 면접도 없이 선발된 애는 네가 처음이야. 외국에서 살다 온 애들도 만점 받기 어려운데 대단해."

'뭘 그 정도 가지고~'

검정고시 평균 99.5였다.

국어에서 말도 안 되는 문제로 딱 하나 틀렸다.

문장의 호응 관계로 답을 찾는 사지선다형 문제였다.

'내가 ( ) 돈은 없어도 마음만은 부유하다'라는 문제였고 정답은 비록이라는 단어였다.

하지만 4번 답안 예가 나를 흥분하게 만들었다.

절대, 확실히, 비록에 이은 4번 답안의 예.

그건 바로 '누구 때문에'라는 어절이었다.

누구 때문이라는 말을 보는 순간 확 하고 떠오른 설악산 양도사의 사악한 얼굴.

답이 아닌 줄은 이성적으로 알았지만 흥분을 참지 못하고 확실하게 누구 때문이라고 하는 것에 힘차게 마킹했다.

그리고 난 만점을 받지 못했다.

하지만 걱정하지 않았다.

한국 고등학교에 입학하기 위해서 필요한 토플 성적은 만점을 받았기에 입학하는 데 어려움이 없을 거라는 사실을 알았다.

그뿐만 아니라 가사 곤란을 이유로 면접을 보지 못했다.

대신 북경루에 설치된 컴퓨터로 한국 고등학교에 지원하는 목적과 앞으로의 계획을 영어, 일어, 중국어, 불어, 러시아어까지 사용해 10여 분의 강렬한 면접 대체서를 이메일로 보냈다.

스승님이 알면 결코 보내주지 않았을 것이다.

막판까지 완벽을 기하기 위해 난 007 작전을 수행해야 했다.

"부끄러운 실력입니다."

"뭐가 부끄러워~ 그 정도 스펙이면 명문대생들도 따라올 수 없어. 자신감을 가져."

'자신감? 흐흐, 악과 깡밖에 없습니다요.'

자신감이라는 말 그것은 초등학생들에게나 먹히는 말로 내 사전에는 없었다.

죽기 아니면 살기로 버텨온 지난 17년 인생.

부모님 생존해 계시던 당시에도 뭔가를 시작하면 쉽게 물러서지 않았다.

반드시 목표한 바를 성취해야 잠을 잤던 어린 시절의 나.

일반인들보다 약간 뛰어난 두뇌를 갖고 태어났지만 머리만 믿고 노력하지 않았던 것은 아니었다.

"아직 배가 고픈 시절입니다."

씨익 입가에 미소를 지으며 싸나이의 포부를 밝혔다.

"와아! 대단해. 민이 네 나이 때 그런 말을 다하다니……. 기대해 보겠어. 한지붕 아래 사는 나를 얼마나 감동시킬지 말이야."

조용하지만 패기 넘치는 말에 커다란 눈을 동그랗게 뜨고 감동시켜 달라 말하는 장세아 선생님.

'선생님 같은 미인께서 감동시켜 달라시니~ 언제든 환영입니다.'

서울에 도착해 짐을 풀자마자 마주하게 된 아리따운 여인의
환대.

밝고 유쾌한 내 미래를 보는 것 같았다.

"그런데 그 말씀 때문에 올라오신 건가요?"

"아니야~ 아빠가 오늘 민이 네가 아무런 준비가 안 됐을 거
라고 내려와서 저녁 먹으래. 원래 우리 아빠가 사람 보는 눈이
까다로우신데 민이 너를 잘 보신 듯해. 뭐, 내가 봐도 시원시원
한 성격이 마음에 들어."

'오오오! 이게 웬 떡이란 말인가!'

생각지도 못한 장씨 아저씨의 저녁 식사 초대.

투플러스 마트에서 배불리 먹고 왔지만 거절할 수 없었다.

언제인지 기억도 나지 않는 집밥.

설악산 골짜기에서 스승님과 먹었던 밥과 비교가 불가능했
다.

"오늘 처음 뵙는데 주인아저씨와 선생님께 폐를 끼치는 게
아닌가 싶습니다."

"무슨 폐는~ 한지붕 한가족이 되었는데 우리 잘 지내자.
그리고 민이처럼 멋진 남자라면 우리 식구들 모두 대환영이
야~!"

한국 고등학교 선생님이라면 국내외의 대단한 명문대 출신
일 텐데 착한 세아 누님은 전혀 그런 냄새가 나지 않는 듯했
다.

휘이이이이잉.

사라라라락.

때마침 불어오는 차가운 겨울바람이 그녀의 흑단 같은 머리칼을 부드럽게 날렸다.

'하아……. 쥑이네.'

최소 일고여덟 살은 더 먹었을 장세아 선생님.

그녀의 야릇한 향기가 사정없이 코를 타고 의식 속으로 파고드는 듯했다.

새파랗다 못해 시퍼런 젊은 청춘에 던져지는 세상의 유혹.

마음 같아서는 저 깊고 그윽한 눈동자에 빠져 헤엄치고 싶었다.

"내려가자, 민아."

"넵!"

이런 미인의 직접 초청을 거절하면 사나이라 할 수 없는 법.

앞서 걸어 내려가는 장세아 선생님을 따라 4층 장씨 아저씨 집으로 향했다.

층층마다 열 가구가 쪼개서 살고 있는데 통으로 4층을 모두 사용하는 주인집.

강남에서 이 정도 건물을 소유할 정도라면 수십억대 부자.

누군지 몰라도 장세아 선생님께 장가드는 놈은 로또 대박칠 게 확실했다.

띠띠디딕.

띠리리리릭.

“들어와.”

철컹.

디지털 도어락의 비밀번호를 누르고 문을 여는 장세아 선생님.

‘도대체 무슨 향수를 뿌린 거야?

앞장서 걷는 장세아 선생님의 뒤를 따라오며 숨 막혀 죽는 줄 알았다.

교사치곤 엄청난 미모에 은은하고 상쾌한 꽃내음까지 팍팍 풍기는 젊은 여인, 아니 선생님!!

마음을 다스리는 주문이 필요한 상황이었다.

내려오면서 보았던 누님의 매혹적인 뒷모습을 쫓아오다 발을 헛디뎌 계단에서 구를 뻔했다.

‘3년만 젊었어도……’

남자라면 한 번 인생 걸어볼 만한 가치가 분명 있었다.

직업으로 교사가 아니라 대중의 사랑을 듬뿍 받는 연예인이 더 제격일 것 같았다.

“세아니?”

“네, 엄마. 민이 학생 데려왔어요.”

“호호, 어서 이쪽으로 오렴.”

오늘 이곳에 와서 처음 대면하게 되는 장씨 아저씨의 부인.

유쾌한 성격인 듯 짤랑거리는 목소리가 안쪽에서 들려왔고 마음이 한결 가벼워졌다.

“하하, 어서 와라.”

"이렇게 불러주셔서 영광입니다!"

"녀석, 밥 한 끼가 무슨 영광이야. 어서 들어가 앉아라. 차린 건 많지 않지만 우리 마누라 요리 솜씨가 죽인단다. 고향이 전주라 손맛이 끝내주지."

활짝 웃으며 현관에서 나를 맞아주는 장씨 아저씨.

그새 두 번씩이나 얼굴을 본다고 친숙한 느낌이 많이 들었다.

'정말 세아 누님이 장씨 아저씨 딸 맞아? 혹시 입양한 거 아냐?'

아무리 봐도 전혀 닮지 않은 두 사람.

장세아 선생님은 선녀 옷만 입혀 놓으면 바로 옥황상제에게 스카우트될 정도의 외모.

그러나 장씨 아저씨는 툭 튀어나온 배에 짧은 다리, 게다가 키도 작고 한 술 더 떠 반쯤 벗겨진 대머리까지 전형적인 동네 아저씨의 모습이었다.

사람 좋아 보이는 인상이 없었다면 길거리에서 흔히 스칠 수 있는 중년 남자였다.

"어서 와요, 민이 학생."

'그럼 그렇지!'

어느새 주방 쪽에서 나와 현관 쪽으로 다가오는 중년의 귀부인.

자연스러운 파마머리를 한 사십대 중반 정도로 보이는 아주머니.

키가 세아 누님만큼이나 컸다.

남편인 장씨 아저씨와 확연히 키 차이가 나 보이는 아주머니는 웃을 때 살짝 들어가는 보조개가 매력적이었다.

젊을 때 대문 앞에 남자들 줄 좀 세웠을 것이 분명한 아주머니의 고운 자태.

세월을 피할 수 없어 아랫배도 살짝 나오고 팔뚝에도 살이 좀 붙었지만 큰 키 덕분인지 흉해 보일 정도는 아니었다.

"혹시 세아 선생님 언니세요?"

"뭐, 뭐야!"

"호호호, 민이 학생. 나 세아 엄마예요."

"하하, 이 친구 보게. 어린 친구가 세상사는 법을 아는군그래."

짜고 치는 고스톱처럼 모두 다 눈치챌 아부성 발언에 세아 누님을 비롯해 식구들 모두 웃음을 터뜨렸다.

'장씨 아저씨~ 다시 보이네. 그래, 남자는 얼굴보다는 재력이지!'

한 개 층을 자신들만의 공간으로 사용하는 장씨 집안.

'대단하군. 이게 바로 강남 상류층들의 생활인가.'

티비에서 연예인들 집을 소개할 때나 뭇 정치인들의 내실을 공개할 때 가끔 보였던 실내 장식,

월세만 받아도 한 달에 2천여만 원에 가까운 수입을 보장받는 장씨 아저씨.

본래 작정하고 집을 설계한 듯 천장은 다른 집보다 높았고

일반 가정집에서 쉽게 볼 수 없는 화려한 샹들리에가 천장 중앙에 장식되어 있었다.

벽지는 실크 벽지인 듯 싸 보이지 않았고 그리 튀지도 않는 아이보리색에 내가 사는 옥탑방보다 다섯 배는 넓어 보이는 거실은 럭셔리의 극치였다.

대리석 벽돌로 마감된 소파 정면에는 70인치는 되어 보이는 최신형 티브이와 홈씨어터가 진열돼 있었고, 한겨울에도 싱싱한 자연을 실내에서 느낄 수 있도록 잎이 큰 관상수 몇 개가 균형있게 주변으로 놓여 있었다.

'바닥도 검은 대리석이야……. 오! 마이 갓! 소, 소파가 10인용이야? 그리고 저 식탁은…….'

일반 가정집과는 차원이 달랐다.

넓고 긴 거실을 차지하고 있는 10인용 가죽 소파.

그리고 몽글몽글 김과 함께 맛있는 냄새가 가득 차 있는 넓은 주방.

'헉, 저 식탁은……. 도대체 몇 명이 사는 거야!'

10인용 식탁은 새하얀 대리석으로 바닥과 대비되어 보였다.

'이게 바로 돈의 힘이군. 그래, 한 번 살다가는 인생… 적어도 이 정도 차려놓고 살아봐야지. 이런 게 인생 아니겠어!'

어릴 적 부모님과 남부럽지 않게 살았던 기억도 있지만 이 정도는 아니었다.

물론 그 때도 강남에 살았지만 우리 세 식구는 아파트 생활을 했었다.

당시에는 제법 컸던 49평 정도 되던 집이었지만 지금 이 집에 비하면 그 시절 우리 집은 원룸 수준이다.

'설악산 너와집은… 여기에 비하면 개집이군. 그것도 똥개들이 사는…….'

3년 동안 살았던 너와집을 비하할 마음은 전혀 없었지만 사실은 사실인 만큼 그 정도로 확연히 차이가 났다.

'이런 걸 보면 인간의 적응력은 정말 위대해.'

이런 부와 문명의 축복이 넘쳐 나는 세상.

그럼에도 설악산 그 너와집, 개집 같은 곳에서 기거하는 일이 벌어졌으니 원론적으로 보자면 이 사람들이 이곳에서 사는 것이나 내가 그곳에서 살았던 것이나 별반 다를 게 없었다.

문명이 주는 혜택은 대단하지만 공해와 오가는 수많은 이들의 혼잡한 기운들은 썩 반길 만한 일은 아니지 않은가.

그에 비해 생활 조건은 열악하지만 욕심만 부리지 않는다면 사시사철 먹을 것 걱정하지 않고 깨끗한 자연 속에서 살아지는 설악산 은거 생활.

확연하게 비교되는 두 삶에는 분명 차이가 있지만 누가 낫다고 딱히 말할 수는 없는 현실.

그렇다고 해서 다시 설악산 골짜기로 기어 들어가고 싶은 마음은 추호도 없었다.

송충이는 솔잎을 먹고 도시인은 원두커피를 마시고 살아가야 하는 법.

난 시크한 현대 도시남이 되고 싶었다.

낡은 추리닝에 헐레벌떡 아침마다 약초 채취하러 발정난 개처럼 산을 뛰어다니고 싶은 마음은 전혀 없었다.

"집이 정말 좋습니다. 집 주인의 성품을 닮은 듯 단아하고 우아합니다."

칭찬을 연속으로 날렸다.

"피이, 그건 아닌 것 같은데?"

"호호, 무슨 소리야~ 민이 학생이 보는 눈이 제대로네. 그렇죠~ 여보?"

"하하, 그, 그럼. 민이가 제대로 안목이 있어."

'분위기로 보아 집안의 힘이 아주머니에게 있군.'

몇 마디 말을 던져보자 금세 파악되는 집안의 서열도.

세아 선생님은 엄마를 가볍게 상대할 정도는 되었지만 큰 영향력은 행사할 수 없었다.

장씨 아저씨도 아주머니의 목소리에 눈알을 굴리며 바쁘게 입을 놀렸다.

'잘만 하면… 예쁨 받고 살겠군. 흐흐.'

3년 정도 신세를 져야 하는 상황이라 주인아주머니께 잘 보여야 했다.

요리야 내 손으로 모두 정복할 수 있지만 김치 같은 최종 밑반찬은 시간 투자 대비 효율성이 낮았다.

'일단 음식 맛을 한 번 본 후에 판단하자.'

나도 손님이라고 식탁 위에 올라와 있는 몇 가지 요리.

'잡채, 소고기 무국, 동태탕, 흐음……. 김치전까지.'

냄새만으로도 요리의 종류를 대충 알아맞힐 수 있었다.

"엄마, 저 옷 좀 갈아입고 나올게요."

"그래라~ 민이 학생, 이리 와요. 여기 앉아서 잠시만 기다려요. 오늘 동태가 아주 좋은 놈이 있어서 사왔어요."

식탁으로 안내해 주는 주인아주머니.

몇 마디 칭찬에 집 나갔다 돌아온 자식 챙기듯 나를 반기는 아주머니.

"제가 도와드리겠습니다."

"어머~ 무슨 소리예요. 아무리 바빠도 강영자는 손님에게 주방을 맡겨본 적이 없답니다."

"강씨 성을 쓰세요?"

"왜? 민이 학생도 강씨인가?"

"네~ 진주 강씨 시중공파 28대손입니다."

"어머! 호호호, 이걸 어째! 내가 같은 성씨에 같은 파네! 우리 아버지가 27대손이니까 나와 항렬이 같네?"

'오호! 이것은!'

강씨라는 성이 김씨나 이씨 박씨에 비해 흔한 성은 아니었다.

거기에 같은 파를 만나기는 서울 강남 한복판에서 흔한 일은 분명 아니다.

"그럼, 저에게 누님이 되시네요?"

"어머 어머, 정말 인연이야. 민이 학생이 내 동생뻘이라니."

나보다 나이가 많은 딸이 있지만 족보에 따라 바로 누님으로 눌러앉아 버리는 강영자 여사.

"앞으로 큰누님으로 모시겠습니다."

"호호호, 그래! 민이 학생은 이제부터 내 동생이야."

"어, 엄마 그게 무슨 소리예요? 민이가 엄마 동생이라고요?"

방에 들어가 가벼운 트레이닝 복장으로 갈아입고 나타난 장세아 누님.

'크헉!'

눈을 돌려 소리가 난 곳을 바라보다 난 눈알이 빠지고 코피가 팍 터지려는 걸 억지로 참았다.

'미, 미치겠네!'

이게 바로 천국과 지옥의 경계선이었다.

집 안이며 나를 제자 취급해서 그런지 몸에 딱 달라붙는 분홍색 트레이닝복을 입고 다시 나타난 그녀.

죽였다.

정장 차림과 달리 확연하게 표 나는 아낌없는 몸매의 곡선.

'가, 가슴도 작지 않다!'

큰 키의 여성들이 가슴이 작다는 말을 북경루 주방장들이 주고받은 음담패설 속에서 들어 알고 있었다.

그러나 그 상식을 산산조각 깨뜨리는 장세아 누님의 바스트 볼륨.

분홍빛 트레이닝복 상의 안에 새하얀 탱크탑을 받쳐 입고 나타난 장세아 선생님.

그 모습은 피 끓는 청춘인 나의 손톱을 생으로 뽑는 것과 다를 바 없는 고문이었다.

"세아야, 글쎄 우리 민이가 나와 같은 성씨에 같은 파가 아니겠니. 오늘부터 당장 민이는 이 엄마의 동생이 아니겠니."

"엄마! 그럼 내가 민이를 뭐라고 불러요!'

"뭐긴 뭐겠니~ 밖에서는 선생님이지만 이제부터는 삼촌이라고 불러야지. 호호호."

"흥! 말도 안 돼요. 전 그리고 강씨가 아니라 안동 장씨예요. 그렇죠? 아빠~"

"큼……. 그럼. 너와 나는 장씨지."

"지금 외척이라고 무시하는 거예요?"

"아, 아니 그게 야니라… 말이 그렇다는 거지."

'호호, 역시 파워가 달라.'

둘이 합쳐도 주인 아주머니, 아니 큰누님을 어쩌지 못했다.

"세아 선생님은 제 스승이 되시는 분입니다. 큰누님께서 노여움을 거두십시오."

"그래? 호호. 민이가 그렇다면 그래야지. 아! 기분 좋다. 여보, 김치 냉장고에서 시원한 막걸리 한 병 꺼내 봐요."

"하하하, 이렇게 좋은 날에 술이 빠질 수 없지. 바로 대령하겠습니다, 마나님."

'유쾌한 가족이군.'

세 사람의 대화 속에서 서로를 향한 끈끈한 정을 감지할 수 있었다.

누가 봐도 화목한 가정.

“그럼 민아, 넌 세아 옆자리에 앉아라.”

“네! 큰누님!”

“호호, 큰누님 소리 듣기 좋네. 내가 막내라 남동생 하나 있었음 싶었는데 다 늙어서 소원 풀었어.”

가식이 아닌 진정으로 즐거워하는 큰누님 강영자 여사.

“민아～ 이리 와 내 옆에 앉아.”

‘크으! 누님! 움직이지 마세요!’

170이 살짝 넘는 키에 완벽하게 성숙한 이십대 중반의 여인이 풍겨내는 진한 향기.

이제 갓 산에서 세상 밖으로 기어 나온 어린 호랑이에게는 참지 못할 고통이었다.

띠리리릭.

‘응?

한마디씩 나누며 화기애애한 분위기 속에서 막 식사를 하려고 자리에 앉으려는데 현관문 도어락이 해제되는 소리가 들렸다.

철컹.

그리고 열리는 문소리.

“세라가 벌써 왔나?”

“세라가요? 아직 학원에 있을 시간인데…….”

“세라니?”

“네…….”

‘세라?

주방에서 보이지 않는 현관 쪽.

힘은 없지만 귀여운 목소리가 들려왔다.

사박사박.

그리고 걸어오는 누군가의 발걸음 소리.

“다녀왔습니다.”

맑은 목소리와 함께 주방으로 쓰윽 모습을 보이며 나타난 한 명의 소녀.

‘오… 마이 갓!!’

속에서 터지는 두 번째 비명.

앳된 얼굴에 젖살이 그대로인 소녀가 내 눈에 들어왔다.

역시 엄마를 닮아 170에 살짝 못 미치는 늘씬한 키에 몸매가 확실하게 드러나는 진청색 골반 청바지를 입고 그 위에 분홍 패딩을 가볍게 걸치고 들어오는 소녀.

‘이 집안은 도대체 정체가 뭐야!’

아름다웠다.

장세아 누님이 도시적인 날카롭고 세련된 미모라면 지금 눈에 보이는 소녀는 봄 산골짜기에 핀 이름 모를 청초한 꽃 같았다.

잡티 하나 없는 새하얗고 탄력적인 피부, 곧게 선 콧날과 집안 특징인 듯 쌍꺼풀이 진하게 잡힌 큰 눈.

엄마를 닮은 자매의 살짝 날카로운 턱 선은 이지적이며 도도함을 풍겨내었다.

거기에 조그맣고 도톰한 붉은 입술과 살짝 들어가는 보조개

는 자칫 차가워 보일 수 있는 외모를 부드러움으로 중화시켰
다.

'너무 귀여운 거 아냐?

머리를 한쪽으로 땋아 단정하게 은색 꽃핀으로 마무리를 한
채 나를 빤히 바라보는 진갈색 눈동자의 소녀.

귀여움과 경탄스러운 미모를 동시에 풍기는 신의 축복 그
자체였다.

파바밧.

그런 그녀와 나의 눈동자가 허공에서 부딪쳤다.

나를 파악하고자 하는 호기심과 의혹의 눈빛.

씨익.

자연스럽게 입가에 지어지는 미소.

몸매는 성숙했지만 아직 어린 소녀에게 밉보일 필요는 없었
다.

"세라야, 인사해. 오늘 새로 옥탑방에 이사 온 강민 학생이
야. 언니 학교 학생이구."

"네?"

"민이가 한국 고등학교 학생이라고!"

"아!"

언니의 말에 탄성을 터뜨리는 소녀 장세라.

한국 고등학교 입학생이라는 말에 놀라는 눈치다.

"뭐해, 세라야. 오빠에게 인사해야지."

잠깐 놀라는 듯하다가 이내 눈동자에서 감정을 지우는 장

세라.

강 여사의 인사하라는 말에 고개도 숙이지 않고 나를 빤히 보며 붉은 입술을 열었다.

"세라예요."

"강민이야. 잘 부탁해."

짧게 나눈 세라와의 인사.

언니와 달리 외향적으로 밝은 성격은 아닌 듯했다.

"세라는 올해 중3에 올라가. 한국 고등학교를 목표로 공부하고 있지만 성적이 오르지가 않아."

"그래도 한국 고등학교 말고 다른 고등학교는 수월하게 들어갈 실력이잖아요."

강 여사와 세아 누님의 대화가 증폭될 수 있는 내 궁금증을 해소시켜 주고 있었다.

'요즘 중3은 다 저러나?

중학교와 인연이 없었던 나라 교복도 아닌 사복을 착용한 세라의 나이를 짐작할 수 없었다.

더군다나 월등한 기력지와 막 피어나는 청초한 소녀의 외모는 중학교 소녀로 보이지만도 않았다.

"그런데 세라야. 오늘은 일찍 들어왔구나."

모녀와 달리 딸의 모습에 신경을 쓰는 장씨 아저씨.

"네…… 좀 피곤해서요."

"옷 갈아입고 손 씻고 오너라."

"네……."

'무슨 일 있어?

나를 바라볼 때와 달리 장씨 아저씨가 질문을 던지자 시무룩해지는 장세라.

무언가 이유 있는 고민을 품고 있었다.

"이제 모두 자리에 앉아요. 세라까지 왔으니 식구가 모두 맛있는 저녁을 먹어요."

얼떨결에 족보 하나로 완벽하게 식구가 된 듯 대접받는 나.

'난 진짜 복 많은 놈이라니까. 흐흐.'

설악산의 사악한 양 도사에게서 벗어나자마자 잘 풀리는 인생 탄탄대로.

단 하루 만에 든든한 지원군 가족을 확보한 셈이다.

그것도 집주인이라는 월등한 입지를 차지하고 있는 장씨 패밀리.

씨익.

입가에 미소가 절로 지어졌다.

오랜만에 맛보는 가족이 만들어 내는 훈훈한 에너지 파장.

내 온 마음을 촉촉하게 행복으로 적셔주고 있었다.

"민아~ 여기 앉아."

그리고 나의 눈동자 또한 호강에 겨워 빛이 났다.

보기만 해도 사나이의 심장을 불태우는 장세아 누님.

방긋 웃으며 자신의 옆자리를 가리켰다.

"감사합니다, 선생님."

"호호, 집에서는 누나라고 불러."

'땡큐! 땡큐!'

하늘에 대고 땡큐를 연발했다.

너무나 수월하게 풀려가는 서울 생활 첫날.

저 위에서 나를 지켜보고 계실 부모님이 선물 하나를 보내 주셨구나 기쁨을 감출 길이 없었다.

따뜻한 마음을 한껏 느끼게 해주는 장씨네 가족들.

'캄사합니다, 아부지 어무니~'

제5장
무소의 뿔처럼
마스터 K

"오늘 완전 대박이었어. 흐흐."

장씨 아저씨의 말대로 강 여사 큰누님의 음식 솜씨는 훌륭했다.

내가 비록 각종 요리사 자격증을 취득했다 하더라도 한식의 깊은 맛에는 쉽게 도전할 수 없었다.

일식과 중식, 양식과 복어 요리 등은 재료만 신선하고 조리 기구만 잘 갖춰져 있다면 어느 누구보다 맛있게 조리해 낼 자신이 있었다.

그러나 한식은 아니었다.

요리의 기본 맛을 돋우는 장맛과 몇 년씩 정성을 들여야 제대로 삭혀 쓸 수 있는 젓갈 등등.

단기간에 승부를 낼 수 있는 요리가 아니었다.

그리고 난 제대로 된 전라도 한정식을 맛볼 수 있었다.

어릴 적 어머니도 맛을 낼 수 없었던 얼큰하고 담백한 동태탕이 일품이었다.

잘 우러난 멸치와 다시마 육수에 투입된 동태와 곤이.

칼칼한 청양 고춧가루와 구수한 된장과 고추장이 베이스가 되었고 양파와 미나리, 홍고추와 대파, 쑥갓이 향과 색감의 조화를 이루고 있었다.

"배 터지는 줄 알았네."

처가에 처음 간 사위처럼 큼지막한 밥공기 세 개를 비웠다.

마트에서 삼겹살과 각종 간식들로 배를 채웠지만 제대로 된 음식 맛에 위장들이 정신을 차리지 못했다.

그리고 연신 손가락을 추켜세워 강 여사님을 칭찬함과 동시에 그 집의 밥통을 바닥까지 비웠다.

그런 내 행동에 입이 찢어져라 기뻐하던 강 여사 큰누님.

요리하는 여인들에게 가장 행복한 순간이 자신의 요리를 맛있게 먹는 누군가를 보는 때라는 말을 어디선가 들었다.

그렇기에 난 내가 할 수 있는 최선을 다해 맛난 음식들을 위장 속으로 퍼 넣었다.

탈은 나지 않았다.

설악산에서 온갖 잡것을 먹고 지내며 달련된 강철 위장.

멍하니 숟가락을 들고 바라보던 장씨 가족들에게 미안할 정도로 난 오늘 가정식 백반을 제대로 즐겼다.

덜그럭.

"인심도 좋으셔~ 컴퓨터도 그냥 주시고. 흐흐."

방문을 열며 들고 들어온 컴퓨터를 바라보자니 흐뭇한 마음이 들었다.

며칠 전 원룸에서 나간 여성들이 뒤처리를 부탁하며 놓고 갔다는 컴퓨터.

아직 쓸 만한 최신형 컴퓨터인데 들고 가기 번거롭다며 주인아저씨께 적당히 처리해 달라고 한 것이다.

바로 그 컴퓨터가 내 품에 안겼다.

23인치 모니터와 스피커까지 구비된 완벽한 컴퓨터.

대충 봐도 내 선에서 구입하려면 100만 원 이상 줘야 할 물건이 넝쿨째 굴러 들어왔다.

"미인들과 맛있는 밥도 먹고, 컴퓨터 인심까지~ 매일 오늘만 같아라."

어여쁜 여성들과 밥을 먹으면 기분까지 무척 좋아진다는 말을 제대로 실감했다.

타고난 머리가 아무리 좋다 하더라도 노력하지 않았다면 그저 머리 좋은 것에 머물고 말았을 것이다.

감나무에 맛난 홍시가 열려 있다면 누워서 입을 벌릴 게 아니라 까치가 따먹기 전에 나무에 올라 안전하게 접수함이 사람이 할 일.

난 멍청한 천재는 되기 싫었다.

"강민 씨 계십니까?"

그르르르륵.

'이제 왔군.'

투플러스 매장에서 구입했던 상품들이 배달되었다.

옥상이었기에 5층과 다름없는 곳.

땀을 뻘뻘 흘리며 남자 직원 두 명이 박스에 담긴 갖가지 물건들을 들고 올라왔다.

"여기에 놔두시면 됩니다."

"야경이 끝내줍니다."

아직 나이 어린 학생이지만 존칭을 사용하는 남자 직원들.

나이 지긋한 남자 분과 팔팔한 청년이 양손에 물건들을 가득 들고 계단에서 모습을 보였다.

건물 옥상까지 배달하느라 힘 좀 들었을 텐데 눈을 즐겁게 하는 야경에 잠시 즐거운 미소를 지었다.

"수고하셨습니다."

"하하, 수고라니요. 고객분들 덕에 제가 먹고사는 일인데요. 잠시만 기다리세요. 한 번 더 올라와야 합니다."

분명 힘이 들 텐데 진심으로 기뻐하는 나이 드신 남자 배달원의 활기찬 모습.

날씨가 아직은 꽤 찬데 손에 면장갑 하나 끼고 구슬땀을 흘렸다.

"재우야, 내려가자."

"네, 아버지."

‘헐……. 아빠 일을 도와주고 있던 거야?’

나보다 몇 살 더 먹었을 대학생 정도로 보이는 남자.

전체적으로 방학 기간이라 아르바이트생인 줄 알았다.

‘이 시대에 보기 드문 착한 아들이군.’

나는 두 사람을 보며 괜히 감동에 벅차졌다.

‘우리 아버지가 살아 계셨다면…….’

나 또한 넘실대는 파도를 헤치며 시간 날 때마다 바다에서 물고기와 사투를 벌였을 것이다.

바다에서 태어나 바다로 돌아간 나의 아버지.

어머니까지 덤으로 얹어서 돌아가신 분이니 남는 장사를 하신 셈이다.

다만 아들 하나 툭 던져 놓고 건사하지 못하고 가신 게 마음에 걸리셨을 것.

훈훈한 부자의 모습에 내 마음도 아버지 생각으로 따뜻해졌다.

“그게 어디 있더라…….”

설악산에서 그냥 오지 않았다.

대형 가방에 내가 챙길 수 있는 모든 것들을 챙겨왔다.

요리에 들어갈 특별한 마법 가루와 귀하게 얻은 산삼 밑의 각종 약초들.

“오! 여기 있군!”

가방 안쪽에 검은 비닐봉투에 싸여 있는 물건을 꺼냈다.

“후후.”

가볍게 피어나는 웃음.

"힘내라, 아들."

"전 괜찮습니다."

배달할 물건이 많은 듯 어느새 내려갔다 물건을 가득 들고 다시 올라온 두 부자.

살림을 장만하느라 구입한 물건으로 짐이 상당했다.

혼자 살지만 이제부터 거지같이 살고 싶은 생각이 없었기에 좋은 제품들을 구입했다.

제법 되는 물건들을 부자가 두 번 오르내리더니 다 갖고 온 듯했다.

아버지의 노고로 먹고살 수 있음을 아는 아들의 모습.

나이는 어리지만 저들의 모습에 나도 잠시나마 아저씨의 아들 심정이 되어 보았다.

"이리 주십시오."

"학생, 그거 무거워요…… 헉!"

세재를 비롯해 그릇 나부랭이 등이 담겨 있던 박스를 손에 들자 깜짝 놀라는 아저씨.

아무렇지 않게 번쩍 들어 올리자 헉 하고 놀라는 표정을 지었다.

'지금 내 몸에 50킬로그램의 쇳덩어리가 숨겨져 있음을 안다면 저런 표정을 지을 수 있을까?

약 50킬로 정도 되는 상자를 어린아이 장난감 들 듯 건네받는 모습에 놀라지 않을 사람이 있겠는가.

“운동을 하는 학생인가?”

“아닙니다.”

놀라움에 한마디 건네는 아저씨.

처음과 달리 말이 편해졌다.

나도 아저씨의 말투가 편해 씨익 웃으며 아니라고 대꾸했다.

‘운동선수는 아니지만 그들보다 더한 역경을 헤쳐 나왔습니다.’

그 누구에게도 고백할 수 없는 3년간의 설악산 타잔 놀이.

눈이 오나 비가 오나 바람이 부나 한결같이 뛰고 달리던 산 속의 그 시절.

벌써 아득히 먼 추억처럼 느껴졌다.

“이렇게 배달해 주셔서 감사합니다.”

“하하, 아니야. 젊은 친구가 예의가 바르군. 언제든지 배달해 줄 테니 투플러스 자주 이용해 주게.”

까칠한 고객이 아님을 알고 아들을 보는 시선으로 따스한 눈빛을 보내며 돌아가는 아저씨.

이런 분들 덕분에 아직 이 대한민국이 살 만한 나라일 것이다.

덜컥.

상자를 내려놓았다.

“다음에 보세, 학생.”

기분 좋게 야경을 한 번 더 감상하고 밑으로 내려가려는 아저씨와 말없는 아들.

"잠시만요."

급히 부자를 불러 세웠다.

"……??"

"이거 챙겨 가셔서 드십시오."

"……."

새카만 비닐봉투에 들어 있는 정체 모를 물건을 바라보고 의문스런 눈빛을 보이는 두 사람.

"아저씨, 혹시 허리 안 아프세요? 자다가 식은땀이 흐르고 열기 때문에 잠이 들다 깨다 하지 않으시고요?"

"그걸 어떻게… 아나?"

'기와 혈이 지나친 노동으로 원활하게 순행하지 못하고 있다. 자칫 놔두면 큰 병이 될 수 있는 상황.'

3년 동안 약초 캐고 수련만 한 게 아니었다.

약초를 채취할 때마다 양 도사가 각종 약초의 효능과 사람들의 건강 살피는 법을 가르쳐 주었다.

민간요법이라 말하기도 그렇고 한의학이라고 말하기도 뭐했지만 스승님의 견해와 지식은 인정할 만했다.

그리고 지금 눈앞의 아저씨 상태가 스승님께서 자주 말씀하시던 음허화동의 전형적인 증상이었다.

가만히 있어도 땀과 함께 진액 같은 식은땀이 흘렀다.

육체 나이에 맞지 않는 과도한 노동이 가져온 결과.

거기에 더해 살아오면서 받았던 이런저런 스트레스가 몸을 병들게 하고 있었다.

'자음강화를 통해 수승화강의 상태로 돌려야 한다. 그리고 그 중심축의 장기는 비장과 신장. 상부의 기운을 맑게 하고 중앙 기운을 소통시키며 하부에 따뜻한 기운이 돌게 하면 된다. 다행히 심각한 증세는 아닌 것 같으니… 음양공명단으로 치료하면 된다.'

양 도사가 만든 각종 한약들 중에서 쓸 만한 것 몇 개를 챙겨왔다.

돈 주고도 구입할 수 없는 제대로 된 재료와 법제를 통해 완성된 음양공명단.

비장뿐만 아니라 여러 장기에 조화롭게 기운을 북돋워주는 명약이라 했다.

두루뭉술한 한방 처방의 대명사 십전대보탕보다 몇 십 배 효과가 있을 것이 확실했다.

스승께서 말하기는 이 약은 누가 먹어도 결코 해가 되지 않는다 했다.

"딱 보면 아는 수가 있습니다. 이것 드십시오. 제가 아시는 지인 분께서 설악산에서 도를 닦는 분인데 여러 약을 제조하십니다. 아침에 일어날 때와 저녁에 주무실 때 공복에 미지근한 물로 한 알씩만 드세요. 한 일주일 정도 복용하시면 증상이 사라질 겁니다."

"그, 그게 정말인가!"

믿을 수 없다는 표정을 짓는 아저씨.

그도 그럴 것이 덩치는 컸지만 아직 소년으로 보이는 내 모습에서 무엇을 보고 이같은 말을 믿을 수 있겠는가.

"음기가 부족해 화기가 얼굴로 상승할 겁니다. 밤에 잠을 못 주무시는 이유도 화기가 상승해 그런 까닭입니다. 이를 바로 잡지 않는다면……."

뒷말을 잇지 않았다.

사람이라면 다 알아들었을 말뜻.

"아버지 증상이 똑같잖아요. 어젯밤에도 열이 나신다며 거의 못 주무셨잖아요."

"그, 그랬지."

"일단 일주일만 드셔보세요. 약값은 받지 않습니다. 효과가 없거나 부작용이 있다면 저를 찾아오세요. 앞으로 이곳에서 쭉 살고 있을 테니 말입니다."

나 같아도 낯선 이가 이런 친절을 베푼다면 의심부터 할 것이다.

더욱이 요즘 같은 세상에선 더할 것이다.

그것도 일반적인 도움이 아니라 병을 치료해 주겠다는 내용으로 베푸는 친절은 더.

'좀 더 약상자가 근사했으면 좋았을 텐데……. 우리 양 도사는 싸면 장땡이라니까.'

내가 봐도 한심해 보이는 검은 비닐봉투 꾸러미에서 나온 단약.

"잘 먹겠네."

나를 한 번 바라보더니 고개를 끄덕이며 내가 건넨 것을 받아가는 아저씨.

"빈속에 드세요. 그리고 약 드시는 동안 약주와…… 밤에 하시는 일은 자중하셔야 합니다."

"하하, 그건 걱정 말게. 술은 마누라가 이 녀석과 나만 남겨두고 떠난 그날 이후로 다 끊었어."

'…홀아비셨군.'

사십대 후반이나 오십대 초반으로 보이는 아저씨가 대수롭지 않다는 듯 혼자라고 말을 흘렸다.

"건강하세요. 그래야 자주 뵙죠."

"그럼세. 자주 보도록 하세나."

이제는 고객이 아니라 오래전 알고 있던 사람처럼 편하게 말을 놓는 아저씨.

"형, 아저씨 약 꼭 챙겨드리세요."

"고, 고마워."

착하지만 약간 숫기가 부족한 재우라는 이름의 형.

"그럼 수고하세요."

"고마우이."

구수한 인사를 남기고 멀어져 가는 두 부자.

'그래, 세상은 서로서로 돕고 사는 거야.'

검정 비닐봉투에 싸여 있지만 그 약효는 정말 몇 백이 아니라 몇 천 단위가 될 수 있었다.

필요한 이들에게는 돈으로 매길 수 없는 상당히 귀한 값어

치의 약.

내가 오늘 주인집에게 받은 은혜와 별반 다를 바 없었다.

"그런데 참 별 보기 힘드네~ 저것도 하늘이라고……."

폐부 깊숙이 스며드는 한기와 낯선 공해 냄새.

서울이 싫어 시골로 낙향하는 사람들의 마음을 조금은 알 것 같았다.

"언니, 아까 그 사람 정말 한국 고등학교 입학생이야?"

"그 사람이 뭐야? 오빠라고 해야지.

"피이, 언제 봤다고 오빠야……."

"성격 까칠하기는……."

"빨리 대답해 봐. 정말 실력이 그렇게 대단해?"

"그래, 엄청난 천재과지. 토플 만점에 외국어도 능통하지, 검정고시에서 한 문제 틀리고 모두 만점을 받을 정도로 말이야."

"검정고시?"

사람들에게 검정고시가 쉽다고 알려져 있지만 몇몇 문제는 난이도 조정을 위해 상당히 어렵게 출제가 되었다.

그런데 한 문제를 놓치고 만점을 받았다는 것은 그의 실력이 대단하다는 사실을 입증해 주는 것이다.

"집안에 무슨 문제가 있는 거니?"

사과를 깎으며 질문을 던지는 강영자 여사.

배불리 밥을 먹고 식구들끼리 소파에 앉아서 대화를 나누고 있었다.

"자세히는 모르지만 교감 선생님이 말씀하시기로는 보육원 출신이래요. 부모님이 안 계신다나 봐요. 그런데도 외국 유학 한 번 다녀오지 않고 토플 CBT를 만점 맞았대나. 그리고 결정적으로 면접도 안 보고 입학했어요."

"면접도 안 보고? 언니, 그게 가능해? 한국 고등학교 면접시험은 엄청 까다롭잖아."

강민이 나가자 방에 들어가 언니처럼 편안한 회색 반팔 트레이닝복으로 갈아입고 나온 장세라.

눈부신 새하얀 허벅지를 훤히 드러내고 앉아 편안하게 사과를 베어 먹었다.

"무려 5개 국어로 된 면접 준비 서류를 제출했대. 그것도 각 과목 외국 선생님들이 원더풀을 외칠 정도로 완벽한 문장으로 말이야."

"허억!"

"세아야, 그게 가능한 일이니? 그 나이에 5개 국어라니……."

"아이큐도 175 정도 된다고 하던데."

"175!!"

"세상에!"

사과를 먹다 말고 모두 다 경악하는 듯 입을 쩍 벌렸다.

나름 강남에서는 평범한 가정에 속하는 장씨 집안.

선친이 물려준 부동산 덕분에 수백억대의 재산가 반열에 오르긴 했지만 강남에서는 그저 먹고살 만한 집안일 뿐이었다.

한때 사시를 준비하다 공부를 그만두고 아버지를 도와 부동산을 관리했던 장씨 아저씨.

서울에서 제법 괜찮은 사립대학 법학과 출신이었지만 방금 자신의 딸 세아가 한 말이 믿기지 않았다.

주변 강남 아이들이 중학교 졸업 때 대부분 미분, 적분을 떼고 영어도 네이티브와 능숙하게 대화할 정도의 실력을 키웠지만 5개 국어는 달랐다.

거기에다가 멘사 클럽에서도 알아줄 아이큐 175는 상상 속의 숫자였다.

"치이……. 괴물이잖아."

"사람이거든~"

"그게 어떻게 사람이야. 보육원 출신이라면서 혼자 독학으로 5개 국어를 마스터하고 한국 고등학교에 특별 입학한 인간이 사람이야? 괴물이지!"

"호호, 내가 보기에는 네가 문제로 보이는데? 한 달에 수백만 원씩 들여 과외를 받으면서도 한국 고등학교 입학이 어렵다면… 네 머리가 돌인 거지."

"언니!!"

"세아야, 동생에게 무슨 말을 그렇게 하니? 사과해."

"흥! 언니는 뭐 실력으로 들어갔어. 겨우 전국 체전 1위 몇 번밖에 못했으면서 그 실력으로 체조 선생님이라니……."

"뭐라고! 내, 내가 세계 선수권 대회 때 발목만 다치지 않았어도 올림픽 금메달은 따놓은 당산이었어!"

"와아~ 그러셨어요. 그런데 왜 나는 몰랐을까요?"

"이게! 이리와! 너 오늘 죽었어!"

"홍홍!"

우당탕탕.

"아이고……. 머리야."

"쯧쯧, 저것들은 나이 차이도 많이 나는데 왜 저리들 싸우는
지……."

우르르 거실을 휘젓고 다니는 두 딸의 모습에 한숨을 내쉬
는 장씨 부부.

말과는 달리 얼굴에는 흐뭇한 미소가 번졌다.

저렇게 싸울 듯하면서도 정작 본인들은 우애가 좋았다.

"민이가 우리 혁이처럼 성격이 좋아요."

"그러게 혁이가 우리 심심할까 봐 민이를 남겨두고 간 것 같
아."

장씨 부부는 유학을 떠난 아들 혁이를 떠올렸다.

"호호, 민이 학생 참 괜찮은 것 같아요. 키도 크고 싹싹하지
머리도 좋고 예의도 바르지. 딱 우리 사위 삼으면 좋겠는데."

"그러게……. 어디 그런 사윗감 구하기 어려운데……."

밥솥을 다 비우고 해맑게 웃던 옥탑방 학생 강민.

탐나는 그의 재능에 장씨 부부는 우습지만 사윗감으로 점찍
는 듯했다.

"이씨! 너 이리 와! 조그만 게 언니에게 대들어!"

"흥! 내 키가 171이야! 뭐가 작아! 거기다 언니 가슴보다 더 크다!"

"뭐, 뭐라고! 너 죽었어!!"

타다다다닥.

아직도 끝나지 않은 두 여인의 술래잡기.

"헥헥."

한참을 그렇게 넓은 거실을 뛰어다니던 장세아가 지친 듯 소파에 주저앉았다.

"그런데 세아야, 수석 입학은 누구니?"

"수석 입학요? 그거야 당연히 엄마도 아는 사람이죠. 얼마 전에 얼굴 예쁘다고 저하고 비교하셨잖아요."

"내가 알아? 누구……? 아! 그 아이!"

"여보, 그게 누구야?"

"걔 있잖아요. 작년에 LPGA 초청 선수로 나갔다가 소랜스 탐에 밀려서 2위한 여자애요. 국제 수학 올림피아드에서 금메달을 땄던 그 아이요."

"손단비!!"

"아! 맞아요, 손단비!"

"그래, 아버지가 하버드대 종신교수며 IT기업 선테크놀러지 회장이라는 손단비라면 그럴 수 있겠지."

"운동도 잘하고 공부도 잘하는데다가 얼굴까지 미스코리아 뺨치니……. 어휴, 그런데 우리 딸들은……."

"엄마!"

"엄마!!"

강영자 여사의 말에 발끈하는 두 딸.

"호호. 난 그래도 세상에서 우리 딸들이 가장 예쁘단다. 아이구, 귀여운 내 새끼들~"

사랑스러운 표정으로 어디 가서 빠지지 않는 딸들을 바라보는 장씨.

신림동 고시촌에서 공부하다가 친구의 꾐에 소개팅에 나갔다 첫눈에 반해 버린 강영자 여사와 창조한 2세들.

비록 장가들겠다는 말을 꺼냈다가 부친께 맞아 죽을 뻔했지만 결코 후회하지 않았다.

너무나 행복한 세 명의 아이.

장기남의 인생에서 있어서 조상님들이 주신 가장 큰 축복이 아닐 수 없었다.

스으으윽.

스으으으으으윽.

한 호흡을 들이켜며 천천히 발과 손이 유려하게 태극을 그려갔다.

손과 발이 원형을 그리며 만들어지는 태극의 변화.

투둑.

이마에 흐르는 땀방울.

마트에서 구입한 검은색 땀복을 착용한 채 시작하는 하루의 마무리.

늦은 밤.

책상도 조립하고 방에 이불도 깔았고 부엌에 살림들도 정리했다.

옵션으로 딸려 있는 냉장고에 달걀과 우유, 빵을 비롯해 야채들도 넣었다.

옷걸이에는 추리닝 두 벌과 교복 위에 입을 패딩, 몇 개의 티도 걸었다.

등산화도 새로 구입했다.

새로운 출발은 온통 새것으로 출발하고 싶었다.

언제까지 인생 찌질하게 살고 싶지 않았다.

중학생이 아닌 고등학생으로 레벨업이 되었다.

약 11개월 뒤면 대한민국의 국민임을 증명해 줄 민증도 발급될 것이다.

서서히 갖춰지는 내 인생의 틀.

쉬이이이잇.

느릿하지만 기가 가득 들어차 있는 손과 발은 부드러우면서도 강했다.

한 번 시작하면 꼬박 50분을 투자해야 하는 장생신선술.

매일 밤 자기 전과 아침에 눈을 뜨면 몸을 풀고 이완하기 위해 신선술을 펼쳤다.

보기에는 중국의 태극권과 비슷했지만 완전히 달랐다.

한 호흡에 우주의 음과 양을 들이켜 그 호흡이 몸과 하나가 되어 온몸으로 스며들어 다시 맑은 기로써 발산되었다.

축적이 아니라 나와 우주가 하나 되는 소통의 과정인 장생 신선술.

투둑.

거의 마무리 단계에 가까워지자 태초의 음과 양처럼 내 안으로 숨어 들어와 태동하는 거센 기운의 파동들.

확실히 설악산과 다른 기의 양이었지만 가까이 관악산이 있어서인지 크게 문제가 되지 않았다.

스르륵.

손으로 대형 알을 품듯 태극을 품었다.

우르르르르릉.

부드럽게 움직이는 손과 발을 통해 나와 하나가 되는 대자연의 기운.

내부에서 거대하게 흐르는 음과 양의 기운들.

우주에 퍼져 있다가 내 품으로 들어와 또 다른 우주를 형성하는 기운들.

"하압!"

투웅.

짧은 기합과 함께 공중으로 가볍게 몸이 뜨며 태극을 품었던 팔과 다리가 번개처럼 휘둘러졌다.

블랙홀이 폭발하듯 내 안에 내재되어 흐르던 우주의 기운들이 이제 다시 돌아가는 순간.

파스스스스스스.

보이지 않지만 내 예민한 귓가에 들리는 기의 부드러우면서도 도도한 흐름.

"탓!"

연속되는 기합.

파라라라락.

억압되었던 태극이 폭발하며 더 거대한 태극이 되었다.

쉬쉬쉬쉬쉭.

손이 좀 전과 비교할 수 없을 정도로 엄청나게 쾌속으로 움직이며 수십 개의 태극 문양을 허공에 뿌렸다.

터어엇! 파바바밧.

매서운 찬바람이 부는 옥상이었지만 맨발로 바닥을 박차며 손과 발을 일정한 법칙에 따라 흐르게 했다.

휘리리리링 휘리리리링.

피부와 호흡을 통해 흡수된 정기들이 태극을 타고 천지사방으로 되돌아갔다.

빠르고 강해질수록 나와 세계는 더 세밀하게 하나가 되었다.

응축된 힘을 모조리 자연으로 돌려보내야 끝나는 장생신선술.

버려야 채워지는 원리를 얼마 전에야 깨달았다.

그런 앎 뒤에 난 선천태극오행기공의 오성을 돌파할 수 있었다.

파바바바방.

주먹과 발길이 휘둘러지는 순간에 짧은 파공음이 공중에서 생성됐다.

마음만 먹으면 능히 바위쯤은 가볍게 쪼갤 수 있는 나의 발과 주먹.

휘리리릿.

불어오는 늦겨울 바람과 함께 공간을 갈랐다.

터억.

그리고 안에 품었던 태극의 기운을 모조리 쏟아내고서야 바닥에 발이 닿았다.

"후우……."

길게 숨을 들이켜며 호흡을 정리했다.

스륵.

그리고 바닥에 가부좌를 틀고 앉았다.

마음이 정리되어야 뒤를 따라 전체의 기운과 육신이 정화되는 법.

날숨과 들숨에 집중하며 한껏 비워 버린 단전에 자연의 기운을 담아갔다.

스스스스.

호흡과 함께 흡수되는 대지의 기운.

아무리 서울 하늘이 오염되었다 하더라도 넓게 보면 그저 어떤 지역의 한곳일 뿐.

바람과 구름을 따라 흘러온 새로운 기운이 과거의 낡은 기운을 날려 버리고 다시 채워졌다.

그리고 난 그 기운을 힘껏 받아들였다.

어린아이가 엄마 젖을 찾듯 대자연의 기운 속에서 나를 지탱해 줄 기운을 뽑았다.

스륵.

운기하는 동안 감고 있던 눈을 서서히 떴다.

"이 맛에 산다니까~"

3년 동안 단 하루도 쉬지 않고 했던 마음과 정신, 그리고 육신의 정리 시간.

일체 몰아의 순간을 지나 현실의 나로 돌아왔다.

"관악산의 화기가 엄청나군. 설악산 어느 주봉보다 강렬한 화기를 품고 있다니……."

어느 순간부터 알게 되어버린 자연의 기운 상태.

산이나 강, 하다못해 개울이나 평지에도 자연의 기가 쌓이거나 흐르는 게 감지되었다.

그런 내 눈에 보이는 관악산.

대한민국 최고의 인재들을 배출하는 서울 대학교를 품고 있으며 한강 이남과 경기 남부를 통틀어 가장 높고 빼어난 산세를 자랑하는 명산.

관악산의 화기를 잠재우기 위해 조선왕조가 풍수지리를 동원하였음을 스승님께 들은 적이 있다.

"화산 위에 피뢰침이라……. 죽이려면 뭔 짓을 못하겠어."

산은 밤에 달과 별들 아래서만 위용을 자랑해야 하는 것인데 사방의 불빛으로 모습을 그대로 드러내고 마는 관악산의 모습.

주봉 위에 우뚝 솟아 있는 기상 관측소 레이더.

산에 꽂혀 있는 첨탑들을 볼 때마다 마음이 편하지 않았다.

풍수가 뭐 대단한 게 있는 것이 아니다.

조금이라도 거슬리면 그게 명당이 아니라 사지라 했다.

미세한 의식의 걸림에 자유로운 장소.

스승님께서는 그런 이유로 끊임없이 마음공부를 하라고 일러주셨다.

자신의 마음을 비울 수 있는 자에게는 그 어떤 곳도 모두 다 명당일 수 있다고 말씀하셨다.

"내일 새벽부터 달려주겠어!"

설악산에서 꼬박 3년을 살았더니 이제 산이 없으면 가슴이 답답했다.

그렇기에 방을 알아볼 때도 관악산과 가까운 이곳을 선택하였다.

매일 새벽 4시와 함께할 육체 단련.

건강한 정신과 육체는 상반됨이 아니라 하나였다.

육체는 자연의 기운을 담는 그릇.

튼튼하고 넓으면 그만큼 많은 기운을 담을 수 있었다.

그렇기에 스승님께서 무지막지하게 나를 굴렸다.

원래부터 기초 체력이 튼튼했던 나였지만 지난 3년 동안에 평범한 일반인들보다 몇 배나 더 건강해졌다.

"오늘 하루도 보람찼다. 내일도! 그리고 다음 내일도! 난 달릴 것이다! 내가 우뚝 서는 그날까지!"

목표는 하늘에 계신 부모님이 만족하는 그날까지.

내 힘으로 얻는 행복을 찾을 것이다.

지금껏 그러했듯 무너지지 않는 무소의 뿔처럼 그렇게 달릴 것이리라.

제6장
갑부(甲富) 프로젝트
마스터K

"세상이 벌써 이렇게까지 변했다니……."

새벽에 일어나 저녁 12시가 돼서야 잠이 들었을 만큼 바쁘게 보냈는데 세상은 그 시간에도 엄청나게 진화하고 있었다.

주인집 장씨 아저씨가 특별히 나에게 기증한 컴퓨터를 방에 설치해 유튜브를 비롯 웹서핑으로 세상 돌아가는 판을 좌악 훑었다.

어학 쪽을 마스터했다고는 하지만 각국들 특유의 문화를 이해하지 못하고는 진정 그 나라의 언어를 구사한다 말할 수 없었다.

내 처지에 비행기를 타고 각 나라를 유랑할 팔자도 못 되었고, 아쉬운 대로 유튜브의 여러 동영상, 세계 각국의 인터넷 뉴

스를 보며 매일 시간을 보냈다.

그 사이 서울에 도착한 지 일주일째를 맞고 있다.

아침마다 뛰어서 관악산 정상에 올랐다가 다시 뛰어 내려오는 일상을 반복하고 있었다.

어릴 적부터 유난히 불이 좋았던 나에게 관악산이 품고 있는 화기는 더할 나위 없이 좋은 기를 나눠주었다.

사실 3년을 묶여 있던 설악산도 양산이면서 화산이었다.

양 도사 스승님이 말씀하시기를 악자가 들어간 이름의 산들은 대부분 양산으로 분류해도 무방하다 했다.

그런 화산은 하늘을 찌를 듯한 거대한 바위가 웅장하게 산봉우리를 이루고 있는데 산세가 이러하니 당연히 화기가 몰리는 것이라 했다.

더구나 화기가 강한 산 속에 사찰이나 암자를 지어 놓으면 유독 화재가 많이 발생함으로 화기를 다스리는 비법들을 적지 않게 써서 건물을 짓기도 한다 했다.

스승님이 말하시기를 백담사도 그런 까닭에 백 번째 연못터를 잡아 절을 지었다고 하셨다.

'화산이 지혜를 계발시키는 데 최고라 하셨지. 서울대가 관악산에 있는 이유도 그런 까닭이다.'

본래가 명산이 있는 곳이면 예부터 나라의 인물이 나게 마련이다.

그 명산이란 게 거의가 화산이고 이러한 화산의 특성으로 인해 덕이 높고 지혜로운 자가 많이 나다보니 설악산에서도 예로부터 고승이나 도사들이 많았던 것이다.

매일 이렇게 운동을 마치고 집에 돌아오면 강 여사 누님이 챙겨주신 김치에 달걀 프라이, 밥과 간단한 콩나물 국으로 아침을 때웠다.

점심에는 특가 세일 중인 덩어리 삼겹살을 구입해 끓은 물에 된장과 양파 대파 등을 함께 넣어 삶아 기름기 쫙 뺀 수육 형태로 섭취했고, 저녁은 마파두부나 볶음밥, 잡채밥 등을 요리해 되도록 삼시 세끼를 규칙적으로 챙겨 먹었다.

매일 꾸준한 운동을 하고 있었고 움직임이 격한 게 많아 음식량이 많아도 크게 문제가 되지는 않았다.

사실 요즘 사람들은 좋은 음식이라고 해서 무농약 어쩌고 하며 따지느라 신선함보다 농약의 유무를 먼저 보는데 나에게는 불필요한 과정이다.

아무리 좋은 음식을 가려 먹어도 그것을 섭취한 사람이 몸과 마음으로 그 음식을 흡수하지 못하면 역시 좋지 않은 결과를 얻게 된다.

배불리 처먹고 움직이지 않음이 현대의 만병을 고루 발병하게 되는 원인이 되는 것이다.

하루 24시간을 48시간 나아가 더 작은 단위의 시간으로 쪼개 사는 이들에게 음식은 과다하게 섭취해 병의 원인이 되게 하는 것이 아니라 영양분 그 자체로써 몸을 건강하게 유지하고 정신을 다스릴 힘의 원천으로 쓰인다.

다만 음식이 몸속에 들어가 자연스럽게 소화 흡수될 수 있

도록 화학조미료는 사용을 일체 삼가고 인스턴트식품들을 지
양할 뿐이다.

평소에도 싱싱한 야채와 선별된 신선한 식재료를 중심으로
요리를 해 먹으면 그것이 바로 몸을 살리는 첫 관문이 된다.

이 같은 고집은 나를 위한 또 다른 투자이기에 그 계절에 나
는 식재료를 100퍼센트 활용하는 것으로 노력을 아끼지 않는
편이다.

스승 양 도사께서 말씀하시기를 본인의 양을 제대로 알지
못하고 되는 대로 많이 처먹어 걸리지 않아도 될 성인병에 걸
린 사람들을 보면 속이 답답해서 할 말이 없다고 하셨다.

그러면서 그 말끝에 항상 밥숟가락으로 무덤을 파는 줄도
모르고 사는 바보들 천지라고 했다.

이렇듯 가뭄에 콩 나듯 가끔 마음에 와 닿는 말씀을 하셨던
스승 양 도사.

사실 내가 봐도 현대 사람들은 귀한 몸을 제대로 간수하지
못하고 함부로 방치하는 듯하다.

'일단 학교생활에 1차 적응한 뒤에 아르바이트 자리를 찾아
도 늦지는 않아!'

입학까지 조금 남은 시간 동안 세상 공부를 하는 게 남는 장
사라는 생각이 들었다.

되도 않게 아무런 배경 지식도 없이 세상에 나설 수 없다.

어떻게 보면 세상에 완전 생짜 처음 나왔다고 말할 만한 처
지.

　부모의 그늘이나 친인척 누구의 보호도 없이 나 홀로 계획하고 판단하며 행동해 이 순간까지 살아남았다고 해도 과언이 아니다.

　"열일곱 살에 정당하게 돈을 벌 수 있는 방법은 알바밖에 없어. 주방장 월급으로는 먹고사는 데 딱 맞을 뿐이야. 무슨 방법이……. 없을까? 떳떳하게, 합법적으로……. 그것도 되도록이면 아주 많이……."

　공부에만 뛰어들어 빛을 보기에는 난 후원자가 너무 없다.

　부모님은 고사하고 스승인 양 도사도 나를 후원할 처지는 못 되었다.

　이런 상태에서 고등학교를 졸업하고 대학교 입학이 보장된다 하더라도 나에게 그 긴 시간 동안 공부만으로 내 인생을 걸 만한 무엇을 이룬다는 건 거의 불가능한 상황이다.

　공부를 핑계로 시간만 낭비하기 딱 좋은 환경일 뿐이다.

　제아무리 서울대에 수석으로 합격한다 하더라도 졸업 이후 대기업에 취직하거나 사시 패스가 공부에만 매진한 대가일 수밖에 없다.

　의대나 한의대는 사양한다.

　하얀 가운을 입고 남은 생을 피를 보거나 아픈 사람들만을 보며 살 자신은 없다.

　"한 방…이 가능한……. 연예인이 되기에도 난 늦었어. …아니, 딱히 관심이 가지 않는다는 게 맞겠지."

　지난 3년 나와 상관없이 세상은 많이 변했다.

과연 나는 설악산 골짜기와 북경루를 오가며 거꾸로 가는 세상을 산 게 분명하다.

와이파이.

속초 북경루와 달리 서울 곳곳은 와이파이로 완전 무장한 무선 세계로 변신해 있었다.

장씨 아저씨가 와이파이 비밀번호를 알려주시며 끌어다 쓰라고 하실 때 상황만 떠올려 봐도 나는 세상을 먼저 알아야 한다는 결론에 도달했다.

하루가 멀다 하고 세계는 진보를 거듭했다.

친절하게 비밀번호까지 종이에 적어 건네주신 장씨 아저씨.

그 덕분에 무료 인터넷으로 세상 돌아가는 판을 샅샅이 살필 수 있게 된 나.

하지만 인터넷 세상은 인터넷 세상일 뿐.

이 세상 역시 전부는 아닐 것이다.

더욱이 내가 나이 들어 경험한 세상이라고 해봐야 북경루의 주방이 전부.

지금까지는 우물 안 개구리처럼 살았다.

하지만 도약할 준비를 하고 있다.

내 수중에 있는 전 재산이 내 미래를 위한 투자금의 전부.

"주식 투자도 전문적인 사기꾼들 차지야. 국내뿐만 아니라 해외의 경제 동향, 각종 정치적 변수까지 고려해 파악하려면 전문적인 공부를 해야 해. 엄청난 노력이 필요하겠어."

똑똑한 머리로만 부자가 될 수 있다면 방법은 쉬울지 모른다.

하지만 부자들 중엔 평범해 보이는 사람들이 더 많다.

숨은 부자들은 자신들이 부자란 것을 냄새도 풍기지 않고 다닌다.

그들이 이룬 사회적 성공의 이면엔 죽기 살기로 한 우물을 판 세월이 있고 그 긴 시간들이 그들에게 그 바닥에서의 전문가라는 타이틀을 안겨준 것이다.

타고난 머리를 가진 나 같은 사람도 그들처럼 피나는 노력을 해야 한다.

컴퓨터 앞에 앉으면 모든 사람들이 전문가가 되어버리는 세상.

세계가 하나의 네트워크로 연결되면서 무섭게 발전해 버린 보이지 않는 문명의 세계.

그것도 경험이 없는 사람까지도 전문가로 탈바꿈시키고 있다.

세상 경험이 부족한 나의 경험 부재 상태까지 채워주고 있는 상황이니 더 말할 필요도 없었다.

집에서 세상 모든 걸 파악할 수 있는 시대지만 한 분야의 전문가가 된다는 건 그렇게 호락호락한 일이 아니었다.

"시간 투자 대비 가장 빠르게 부와 명예를 거머쥘 수 있는 일은……."

돈에 환장한 놈은 아니었지만 내가 하고 싶은 일을 위해서는 돈을 벌어야 한다.

물질이 세상의 척도가 된 판에 양 도사처럼 텔레비전 하나

끼고 설악산 골짜기에서 운명을 달리하고 싶은 생각은 없다.

이왕 사람으로 태어난 인생 멋지고 폼 나게 살다가고 싶다.

"학업으로 승부를 보자면 적어도 10년은 걸릴 거야. 그렇다고 부자가 된다는 보장도 없고 말이야. 한탕이라……. 그렇다고 난 졸부는 되고 싶지 않아. 부자의 첫 번째인 갑부가 되어야지!"

예부터 부자는 하늘이 내린다 했다.

갑부라 할 만한 자들은 전생에 쌓은 공덕이 많다는 게 전제되고 현생에 있어서도 깨끗한 직업을 통해 부를 축적하되 걸릴 것이 없다.

또한 그 덕을 함께 나눌 만한 자들을 알아보아 부를 함께 나누고 베풀 줄 아는 눈을 가진 이들을 진정 갑부라 한다 했다.

스승 양 도사는 가끔 텔레비전에서 시선을 떼지 않은 채 혀를 끌끌 차고는 했다.

그럴 때면 여실히 나에게 들려주던 진정한 갑부가 되는 비법들.

부도(富道).

부자에 대한 척도는 갑을병정무기경신임계의 열 가지 단계가 있는데 그 안에 끼지 못함이 바로 졸부인 것이다.

양 도사가 한결같이 말하는 바는 돈을 버는 이유가 진정한 자유를 얻기 위함에 있지 돈의 노예가 되는 데 있지 않다고 했다.

이는 누구나 이론상으로는 다 아는 얘기이지만 막상 돈을 손에 넣게 되면 열의 아홉은 사람이 돈을 움직이는 것이 아니라 돈이 사람을 쥐고 흔들게 되는 현실을 두고 한 말일 것이다.

돌고 돌아서 돈이라고 한다니 돈 역시 살아 있는 영물로 기가 담긴다고도 했다.

'하긴 세상에 이황과 이이를 그런 식으로 팔아먹는 사람도 스승님이 처음이었지.'

스승 양 도사는 언젠가 나에게 이런 질문을 한 적이 있다.

왜 5,000원과 1,000원짜리에 이황과 이이라는 대학자의 초상이 박히게 되었는지 아느냐고.

그때 나는 뜬금없는 스승의 질문에 쉽게 답하지 못했다.

왜 많고 많은 업적이 뛰어난 선조들 중에 그것도 딱 이황과 이이가 지폐에 갇히게 되었는지 내가 어떻게 알겠는가.

그런 것까지 생각하면서 살기에는 그 돈들이 내 손 안에 머무는 시간이 너무 짧기도 했다.

스승 양 도사는 입꼬리를 슬쩍 올리며 입을 열었다.

우리나라의 선비 정신의 대표 주자가 바로 이황과 이이라는 것이다.

"군자불기(君子不器)라 함은 한 가지의 모습으로 굳어져 고착되는 것이 아니라 그 근본은 변하지 않되 천 가지의 모습으로 그 쓰임이 큰 것을 일러 말한 것이니라."

처음엔 스승 양 도사의 말씀이 무슨 말을 하고자 함인지 가늠할 수가 없었다.

하지만 뒤이어 말씀하신 것을 듣고 나는 고개를 끄덕였다.

"본래 돈이란 것이 돈으로 보면 그 순간 화를 불러오는 마구니인 것이다."

스승 양 도사는 거의 멍 때리는 수준으로 머릿속을 텅 비우고 앞에 앉아 있는 나의 눈을 한 번 응시하더니 다시 입을 열었다.

"듣고 있는 게냐? 돈은 얼마나 많이 버는 게 목적이 되어서는 안 되느니라. 돈이 뭔지도 모르고 돈에 탐심을 내서는 좋은 꼴을 못 본다는 말이다."

나는 눈에 힘을 바짝 넣었다.

'양 도사님! 이론으로만 말고 제발 이래도 좋고 저래도 좋으니 돈이란 놈을 좀 만져나 보게 해주십시오~'

"새겨듣거라. 그러니 그런 그 요물 같은 돈에 대학자이신 이황과 이이 선생을 새겨 넣음으로써 돈을 손에 쥐는 순간에도 인간이 참으로 물질에 물들지 않아야 할 고귀한 인간임을 잊어서는 안 된다는 의미로 그리한 것이 아니겠느냐."

스승의 뜬금없는 말씀이 황당하긴 했지만 일리가 있다고 생각되었다.

"돈이란 것은 돈을 쥔 사람을 판단하는 기준이 되어서는 안 되느니라. 그것은 사용수단이 다른 여느 물질들과 다르지 않다는 말이다."

그때 스승의 강의가 나에게 있어 돈에 대한 개념을 확실히 잡아주는 시점이 된 건 분명했다.

‘그래, 일을 하는 것도 결국 돈을 벌기 위한 몸부림의 일종이야. 잘난 사람 못난 사람 다들 하는 일은 다르지만 그건 포장만 달리한 선물 같은 거지. 돈 보고 하는 일이 아니라고? 그건 명분을 그렇게 내세우는 것뿐이야.’

나는 스승 양 도사의 말을 하나하나 되새겨 보았다.

‘개처럼 벌어서 정승처럼 쓰라고 한 말도 있잖아. 마지막에 남는 건 자존심이라고 하셨어.’

지금도 머릿속에 또렷하게 남아 있는 양 도사의 말씀들.

사실 3년이나 설악산 골짜기에 처박혀 보낸 세월이 억울하기도 하지만 스승 양 도사에게 그 동안 배운 것도 나름 많았다.

사회에서 배울 수 없는, 진정 사람을 통해서만 배울 수 있는 귀한 가르침들을 암암리에 많이 습득한 건 감사한 일이 아닐 수 없다.

돈이란 것이 절실하게 필요한 때지만 이러한 개념이 없었다면 지금 이 순간 이렇게 차분하게 앉아 앞으로의 미래에 대해 계획해 볼 여력도 없었을 것이다.

물론 건강한 정신을 유지하는 것과 더불어 거친 마음을 다스리는 방법도 양 도사에게 배웠다.

나는 결단코 부자가 되어야겠다고 다시 다짐했다.

양 어깨에 힘이 들어갔다.

‘진짜 부자는 일이 취미생활이라고 하셨겠다. 수학자의 휴가는 어려운 수학문제를 앞에 놓으면서부터 시작된다 이 말이

지. 그 시간을 즐겁게 보낼 수 있다면 게임은 끝난 거다.'

대부분의 상식과는 상이하게 차이가 나는 양 도사의 발언들.

그중에서도 인간이 갖고 있는 정신적 한계에 의해 부자가 결정된다는 명언은 잊을 수 없다.

100억을 꿈꾸는 자와 1억 만을 바라는 자가 목적한 바를 달성했을 때의 모습은 절대 같을 수 없다고 했다.

물론 당시 어린 마음에 난 양 도사에게 질문을 했다.

그렇게 부도를 비롯, 부와 명예에 대해 아는 바가 많은 스승님께서는 어찌 이런 산골짜기에서 텔레비전 하나에 쩔쩔매느냐고.

좀 치사하긴 하지만 그 기회를 타 그동안 꾹 참고 있던 학습비에 대한 문제도 꺼냈다.

그러자 자연스럽게 한마디 뱉는 명답.

나는 고개를 떨구고 말았다.

'오고 감이 곧 도라고? 참나……'

돈도 살아 있기 때문에 어떠한 목적과 대가에 의해 움직여야지, 그렇지 않고서는 죽은 돈이라 했다.

그것은 돈이 오고 감에 있어 감정, 그러니까 기가 들어가야 가치가 있다는 것이다.

그런 까닭에 나의 피땀이 들어간 돈을 받아야 마음에 걸림이 없이 스승의 모든 가르침을 하사할 수 있다고 했다.

'반은 속은 것 같고 반은 얻은 것 같은데……. 정말 말씀은

기가 막히게 잘하셨지.'

그뿐만이 아니다.

갑부들은 작은 돈 큰돈을 나누지 않고 모두 귀하게 여기고 졸부들은 두말할 나위 없이 돈을 쓰며 스트레스를 푼다고 했다.

그리고 결국은 한순간 부를 거머쥘 때처럼 갈 때도 한 방에 훅 간다고 했다.

강물이 모여 바다로 가듯 돈도 살아서 큰 흐름을 쫓아간다는 것이다.

물 역시 강폭에 맞춰 흐르다 좁아지고 고이면 곧 썩어 버려지는 물이 되듯 돈도 그리 흘러 다닌다고 한다.

그러면서 비유하기를 요즘처럼 각양각색의 세계가 빠른 속도로 교류하고 가까워지면 돈도 그만큼의 속도로 흐른다 했다.

과거에는 한 지역이나 한 나라에서만 사업이란 것을 성공시켜도 한 세대가 먹고살 수 있었지만 요즘 세상은 그렇지 않다는 것이다.

작은 소그룹들까지 만족시킬 수 있어야만 기업으로써 대사업을 이루고 장수할 수 있게 된다.

전부는 아니지만 그래도 어느 정도 이해가 되었다.

세계가 인정하지 않고서는 내로라하는 대기업도 살아남기 힘든 세상.

모든 게 자연스러운 변화이면서 흐름이라는 것이다.

　물론 노력만 한다면 다 이룰 수 있다고 믿고 있었던 그때 나
는 스승 양 도사께 물었다.
　스승님도 사실 세상에 적응 못하신 거 아니냐고.
　세상 돌아가는 판을 그렇게 훤히 꿰고 계시면서 왜 세상에
서 한몫해 보지 못하시고 저까지 이곳으로 데리고 들어오셨느
냐고.
　스승 양 도사가 말하는 것은 앞으로의 세상은 힘없고 빽없
는 평범한 사람들은 아무리 노력해도 살기 힘든 세상을 말하
고 있었다.
　"스승님께서 말씀하시는 세상은 한쪽으로만 너무 치우쳐
있습니다. 너무 불공평한 것 아닙니까?"
　그때 스승님께서는 눈을 살짝 째리시더니 빙그레 웃으며 말
씀했다.
　돈의 하인이 되어 뒤꽁무니를 쫓는 놈과 돈의 주인이 되어
그놈 목줄을 잡고 끌고 가는 놈과는 질적으로 다르다고.
　"이놈아~ 돈이란 놈은 계집과 같은 것이다. 왜 여자를 돈
빼 먹는 귀신이라고 하는 줄 아느냐? 하하하하!"
　어린 제자 앞에서 할 말 안 할 말 가릴 줄도 모르는 스승님.
　'내가 그것을 알면 여기 왜 있겠습니까? 그럼 밤마다 찾아
오는 처녀귀신이 돈이란 말입니까?
　탁!
　스승님은 대답도 않고 방바닥만 뚫어져라 내려다보는 내 머
리통을 말라비틀어진 황태포로 내려쳤다.

"아~ 스승님, 머리에 냄새 밴단 말입니다. 제가 어찌 여자들을 알겠습니까! 몇 년째 스승님밖에 못 보고 살았는데요."

'스승님이야 허구한 날 아주머니들 궁둥이를 탐하니 주머니의 돈은 새고 실속은 없으니 여인들이 돈 빼 먹는 귀신인 것을 몸소 체험하고 깨달았을 테지만 말이에요.'

살짝 부서진 황태포를 뜯으며 스승은 하던 말을 이었다.

돈에도 기가 실리고 살아 있는 놈이다.

그러다 보니 자신을 좋아하기만 하고 아무런 구애도 하지 않는 멍청한 자들에게는 쉬이 가지도 않을 뿐더러 어찌해 흘러든다 해도 오래 머물지 않는다고 한다.

스승 양 도사의 말씀을 듣고 있다 보면 희한하게 그럴싸하고 신빙성이 있어 보인다는 것이다.

이쯤 되면 고개를 끄덕일 수밖에 없다.

하긴 세상 어떤 것들이 부정적인 생각과 말만 뱉는 자들을 좋아하겠는가.

나만 해도 불평불만 가득한 자들과는 함께 사는 것은 상상이 안 되는데.

누구나 살아 있다면 서로 웃으며 화합하면서 삶을 살고 싶을 것이다.

그때 나는 돈이 살아 있는 것이라면 사람의 본성과 크게 다르지 않을 것이란 생각이 들었다.

'갑부와 졸부라……'

스승과 그런 대화의 시간을 갖지 못했다면 나는 지금 일확천금을 노리는 졸부의 길로 몇 번은 들어섰을지도 모른다.

"민아, 너와 내가 언젠가는 헤어질 것이니 잘 기억해 두거라. 배움이란 것도 가르침을 받는 것도 다 정해지지 않는 순간에 그것이 왔다가 가는 것이다."

어떤 순간에는 사기꾼 기질의 기가 발산되는가 하면 또 이런 순간에는 큰 스승님의 모습을 여실히 보여주고 했던 양 도사.

"예, 스승님!"

나는 스승님의 말씀을 놓치지 않고 주워들었다.

"고로 갑부란 것은 일확천금을 일확천금으로 보지 않고 긴 시간 노력의 대가로서 모습을 바꾼 것으로 보느니라. 그러니 갑부의 돈은 시간이고 노력임에 반해 졸부는 말 그대로 그것을 일확천금의 돈으로만 보고 계산하느니라."

아직도 날이 어두워지도록 명강의를 하시던 스승 양 도사의 목소리가 귓가에 잉잉거리며 들리는 듯하다.

'학문과 예술, 심지어 사랑까지도……. 돈이 동기가 되어 모습을 나타낸 것이라 하셨으니…….'

모든 것을 돈과 연결해 풀어 설명해 주시던 양 도사.

당시에는 사람 냄새라고는 전혀 나지 않는 것 같아 받아들이기 힘든 순간도 많았지만 그때의 냉정한 스승의 말씀들이 지금은 나를 성장시키는 발판이 되고 있다.

세계적 음악가나 예술가들도 그 시절엔 결국 빵을 사고 물감을 얻기 위해 그림을 그린 것이다.

예술을 팔아 먹을 것을 사고 먹고 다시 예술을 하고, 그것들을 하나로 엮는 것은 돈이다.

거창한 부를 원하지는 않았을지라도 결국은 모든 사람의 행위가 돈과 연관되어 있는 것이다.

그림을 그리기 위해, 배고픔을 면하기 위해 그림이나 글, 음악을 만들고 팔아 생을 연명한 것 이상이 아닌 것이다.

물론 예술적 창조 정신을 낮게 평가하는 것은 아니다.

나는 예술을 모른다.

음식을 만들 때 가끔 예술이란 것이 내가 지금 느끼는 어떤 만족감과 비슷한 것인가 하는 생각을 한 적이 있다.

지금 나는 돈이 필요하고 스승이 말씀하신 게 맞다면 나는 첫 단추를 잘 채워야 한다는 생각뿐이다.

돈이 가진 속성이 그런 것이라면 나는 돈의 노예가 되는 것이 아니라 주인이 되고 싶다.

배고픔이 창조의 어머니다.

이건 과거 얘기다.

현대 사회는 배고프면 대책없다.

설악산 3년 생활 중 1년이 넘어가면서 뼈저리게 깨달은 경험.

그렇게 아는 바가 많고 박식한 스승이 배가 고플 때면 눈알이 하얗게 돌아가며 밥 달라고 나를 죽일 듯 볶아대던 순간 나는 알아버렸다.

배고픔은 이성을 마비시키고 신선이나 나발이고 다 버리게 한다는 것을.

나의 배고픈 시절은 끝났다.

강남에 입성한 내가 아닌가.

"편법은 편법을 부른다. 정정당당하게 돈을 벌어야 진정한 갑부가 될 수 있어!"

나는 열심히 손목과 손가락을 움직여 더 넓은 세상을 탐험하기 시작했다.

열일곱 어린 나이였지만 세상 그 무엇 하나 의지할 것 없는 나에게 있어 경제적 독립은 절대적 명제였다.

나를 지탱할 경제적 기반에서 자유롭지 못하다면 고아이기 때문이라는 딱지는 평생 나의 뒷덜미를 끌어당길 것이다.

"내 나이에… 내 상황에… 정당하게 부를 쌓을 수 있는 방법은……. 역시……."

모니터 화면이 여러 번 바뀌었고 그중 한 화면에 나의 시선이 꽂혔다.

"스포츠……. 바로 스포츠다!"

과거라면 얘기가 많이 달랐을 것이다.

지금에 와서는 부와 명예를 한 번에 얻을 수 있는 수단 중의 하나로 자리 잡은 스포츠.

그만큼 세상은 많이 변했다.

사람들의 스포츠인에 대한 인식도 과거에 비해 관대해졌다.

메이저리그 방찬호 선수가 야구 하나로 1,000억대의 부를 거머쥐었다.

그 정도는 어린 나도 알고 있는 현실.

그뿐만이 아니다.

세계적인 축구 선수들의 연봉 또한 300억대에 육박한 이들이 즐비하다.

스포츠를 통해 몸 하나의 자산으로 벌어들이는 엄청난 수익.

개인의 경쟁력뿐만 아니라 국가의 경쟁력에까지 지대한 영향을 미치고 있는 게 현대 스포츠인의 파워다.

클릭할 때마다 모니터 화면을 채우는 각종 스포츠 선수들의 몸값과 연봉에 대한 기사들.

눈에 비친 번뜩이는 빛이 실시간으로 돌아가는 기사와 동영상의 불빛인지 아니면 내 안에서 뿜어져 나오는 빛인지 헷갈릴 정도다.

"프로 복싱 선수 메이웨더 대전료만으로 8,500만 달러⋯⋯. 헉! 일 년에 천 억이야? 그리고 다음이 파퀴아오 복싱 선수가 6,200만 달러⋯⋯. 타이거 우주 5,940만 달러⋯⋯. 하아⋯⋯. 엄청나군. 이게 가능하단 말이야?"

네이것의 검색 창에 등장하는 스포츠 선수 연봉 비교에서 최고를 달리는 사람은⋯ 프로 복싱 선수였다.

대한민국에서도 1970년대부터 80년대까지 꽃을 피우던 프로 복싱 무대.

지금에 와서는 인기가 없어졌지만 한때는 가장 인기가 좋았던 스포츠였다고 한다.

하지만 아직 미국에서는 프로 복싱이 여전히 인기가 있는 모양이다.

"타이거 우즈라……. 그 거시기로 유명한 골프 황제 아저씨."

북경루 주방에 있을 때 동료들의 입을 통해 아주 상세하게 듣게 된 타이거 우즈의 스캔들.

그 정도는 나도 알고 있었다.

그의 기사를 보고 있으려니 뭐 그럴 수도 있겠다는 생각이 들었다.

그가 일 년에 벌어들이는 수입이 700억대라는데 스승 양 도사의 말씀을 떠올려 봐도 그런 스캔들은 당연한 게 아닌가 하는 결론이 나왔다.

돈은 여자다.

그럼 돈이 손에 들어오면 여자도 들어온다는 말이 된다.

또한 돈 빼 먹는 귀신들이 여인이라 했으니 나에게 스승님의 말을 확인할 수 있는 좋은 예가 되는 것도 사실이다.

머리를 이쪽저쪽으로 굴려 봐도 참 지당한 말씀을 한 건 분명하다.

남자에게 돈이 넘치면 여인이 따르는 일은 당연한 것.

과거에는 어떠했을지 잘은 모르지만 분명한 건 현대 사회에 있어서 돈은 모든 명예와 사회적 지위를 결정짓는 아주 중요한 것.

하다못해 인격의 척도로까지 비춰지고 있는 게 현실이다.

“골프라……. 만 17세가 되면 국내 프로 선수가 될 수 있고 PGA에서는 만 16세면 프로가 될 수 있다……. 그렇다면…….”

타다닥 타다닥 탁!

몇 글자를 타이핑해 넣고 엔터키를 치자 좌~악 뜨는 연관 검색어들.

‘프로 복싱은 나와 어울리지 않아.’

대부분 헤비급 선수들이 전부인 상황에서 빈약한(?) 내 체격으로는 흥행을 끌기 어려울 것이다.

적어도 눈으로 볼 때 울퉁불퉁 정도는 아니어도 걱정을 끼치는 정도가 되어서는 안 된다.

물론 싸운다면 이길 자신은 있다.

있는 정도가 아니고 차고 넘치도록 자신감만은 충분했다.

하지만 나는 사람 몸의 모든 급소를 알고 있는 몸.

‘몸과 몸이 부딪히는 스포츠는 피하는 게 좋겠어.’

자칫 사고라도 생긴다면 그것은 내가 스포츠를 선택한 목적과는 다른 방향으로 갈 게 뻔하다.

고수라는 것이 내공을 아는 자와 그렇지 못한 자로 구별되는 법.

아무리 외공과 근력으로 단련된 몸이라 하더라도 내공의 힘이 합쳐진 일격에 맞았을 때는 내장이 파열된다.

나의 3년 설악산 생활이 100퍼센트 활용될 수 있는 스포츠를 선택해야 한다.

그런 내 흥미를 끄는 게 골프.

신사적이면서 어느 누구의 간섭 없이 개인전만으로 부와 명예를 거머쥘 수 있는 스포츠.

혼자의 몸인 나로서는 선택의 폭이 그렇게 넓지 않았다.

야구나 축구, 각종 구기 종목과 달리 오직 개인의 실력만으로 평가받는 스포츠.

'그래, 나를 위한 무대야. 바로 이거야!'

딱 내 스타일이다.

"PGA에서 1승만 거둬도 단숨에 부와 명예를 얻을 수 있다니……. 시간 대비 효율이 짱이군."

쉽지 않은 길이겠지만 어차피 산다는 것 자체가 쉬운 일이 아님을 이미 깨달은 나.

학업이나 스포츠, 예술 모두 최고의 기량을 소유한 이들을 중심으로 부가 편중되어 있었다.

부익부 빈익빈은 어쩔 수 없는 자본주의 사회의 차별적 평등일 수밖에 없는 모양이다.

1의 노력을 하는 자들에게는 1의 대가가 돌아가고 10의 노력을 하는 자들에게는 10이, 100을 위해 뛰고 달린 자들에게는 100의 대가가 돌아가야 공평한 것이다.

또 그런 면에서 본다면 자본주의 사회가 차별을 조장하는 게 아니라 주체자들 스스로 평등한 사회를 누리지 못하는 것일 수도 있다는 생각이 든다.

나름대로 나로서는 자본주의 사회의 혜택을 부모님 돌아가시고 난 이후 적잖이 본 것도 부인할 수 없다.

그런 내가 아무 노력도 해보지 않고 세상이 불공평하다고만 외치고 싶지는 않다.

'스승님께서 뭐든 쓰는 놈이 임자라고 했다. 갖다 쓰는 놈이 임자! 누려보자!'

하루아침에 부모를 잃고 보육원 신세를 졌고 양 도사를 만나 설악산에서 죽기 살기로 버텼던 나.

갖춰질 대로 갖춰진 환경에서마저 만족하지 못하고 불만을 토로하는 사람들과는 나는 입장이 다르다.

"햐아~ 뭔 놈의 돈이 이렇게 많이 들어? 골프백 하나가 몇백? 그것도 대충 쓸 만하다 싶은 건……. 흐흐……. 일주일에 두 번씩은 그린을 밟아줘야 하고, …강사들에게 반드시 연수를 받아야 한다?"

역시 만만하게 봐도 되는 건 세상에 없었다.

물론 공짜는 더더욱 없었다.

프로 골퍼가 되는 법을 검색했더니 줄줄이 모핸나 소시지처럼 나오는 방법들.

대다수의 방법들이 일관성있게 제시하는 내용들인즉 골프는 능력 플러스 돈이 결합되었을 때 완성된다고 말하고 있었다.

"흐음, 초기 자본이 많이 드는 스포츠군."

골프에 대한 전반적인 정보를 빠르게 습득했다.

"응? 한국 고등학교 전체 수석으로 입학? 한국 여자 골프의 새로운 희망……. 손단비……. 얘가 수석이야?"

정보 검색 중 눈에 들어온 여자 골퍼의 기사, 그리고 손단비라는 이름.

"손단비라……."

타다닥, 타다닥, 탁.

네이젓의 검색창에 손단비라는 이름을 타이핑해 넣었다.

"…와우!"

손단비를 검색하자 화면을 가득 채우며 쏟아지는 엄청난 양의 기사들.

"골프 여신 손단비, 골프 실력뿐만 아니라 학업 성적도 대한민국 최고……. 한국 고등학교 수석 입학의 영광을 얻다. 아버지 손성한 하버드 대학교 수학과 종신 교수의 뒤를 이어 아이큐가 170일 정도로 천재 소녀……."

안티는 하나도 없고 온통 찬사밖에 없는 손단비에 대한 네티즌의 반응.

사이비 이단 교주 정도에 버금갈 만큼 열렬한 관심을 받는 인기 선수였다.

"배경 좋고~ 오오! 얼굴 봐……. 여, 여신이 따로 없군!"

네이젓의 블로그나 카페에 대문짝만 하게 떠 있는 손단비의 사진들.

거리에서 보는 또래 여학생들과 차원을 달리하는 미모였다.

사진발일 수도 있겠지만 화면에서 보이는 손단비는 아주 늘씬한 체형에 새하얀 골프 모자, 하늘색 골프복을 입고 샷을 날리고 있었다.

한편의 현대판 미인도가 따로 없었다.

"아무리 쓰리발 덕을 봤다지만……. 대단하군."

스윽, 스윽, 스윽.

마우스 휠을 손가락으로 튕겨가며 손단비에 관한 모든 정보를 빠르게 수집했다.

코앞에서 직접 본 실물 미인은 오늘까지 아래층 세아 누님과 세라가 전부다.

수술도 안한 천연 미인인 두 자매.

그런 세아 누님과 세라를 눌렀다.

사실 미모는 우열을 가리기 어려웠다.

셋 모두 유전인자를 따로 받아 태어나는 특별한 부류의 여인들인 듯 묘한 아름다움을 풍기고 있다.

물론 예쁘기도 하다.

그래봐야 내 기준이겠지만 묘하게 발산되는 기가 사람을 끌리게 한다.

그것도 손단비에게 더 강하게 끌렸다.

성인(聖人)들에게서 나타난다는 후광 같은 오라가 손단비의 온몸에서 발산되었다.

"LPGA 아마추어 초청 선수로 출전해 우승했다 이거지……."

프로도 하기 힘들다는 LPGA투어에서 우승컵을 쥐었다는 손단비.

네이것을 서핑하다 보니 한국 여자 골퍼들의 활약이 상당했다.

"호오, 올해까지는 아마추어라 우승 상금은 얻지 못했지만 내년에는 프로 입문이라……. 광고 수입도 엄청나군."

스포츠 스타들의 수입은 거의 오픈되는 것 같다.

좋은 점이 바로 이런 광고 수입까지 노려볼 수 있다는 거겠지.

제아무리 머리가 똑똑해서 서울대 의대를 비롯 공대를 졸업했다고 해도 무슨 수로 전 국민적 사랑을 받아가며 돈 받고 광고를 찍을 수 있겠는가.

스포츠 스타는 가능하다.

실력을 갖추고 희망을 저버리지 않는다면 나에게도 기회가 주어질 것이다.

"한국 고등학교에 오길 잘했어. 한국 스포츠의 기대주들이 모여 있는 곳! 내가 가야 할 방향을 찾을 수 있을 거야."

많은 스포츠 가운데 골프가 마음에 들었지만 결정하지는 않았다.

투자대비 속전속결 그리고 포상까지 완벽한 스포츠가 없는지 더 찾아야 한다.

무한 반복해도 질리지 않고 즐기면서 할 수 있는, 그러면서 재정적 문제를 해결할 만한 스포츠.

"일단 학교생활을 시작하면서 결정해도 늦지 않을 거야. 어떤 운동이어도 난 자신 있으니까."

직접 초를 재보지는 않아서 100미터가 몇 초 정도 나올지 아직 모른다.

선천태극오행기공과 결합한 장생신선술로 몸의 밸런스가 최상의 상태를 유지하고 있다.

아이큐 역시 어릴 때 175가 나왔으니 지금은 그 이상이 나올지 모를 일이다.

설악산에서 자연과 호흡하는 방법을 터득해 날이 갈수록 팍팍 열리고 있는 온몸의 혈도.

신체적 능력뿐만 아니라 지적사고력까지 배양되었고 나를 이루는 안팎의 모든 조화상태가 일반인들보다 월등했다.

사계절 내내 매일같이 설악산의 주봉 하나를 내리 달려서 주파한다는 것이 경이로운 기록 그 자체.

"어학은 이 정도면 됐고, 수학도 최근 수능 시험 문제 모두 만점이니…… 따로 공부할 것까지는 없겠고."

나머지 과목들에 대한 두려움 역시 없다.

스승 양 도사 덕에 웬만큼 난해한 것들에 관해서도 이해력 하나는 끝내주게 개발된 상태였다.

검정고시 당시처럼 시험 출제자가 나를 자극하는 그딴 문제만 출제하지 않는다면 지금 당장 수능을 치른다 하더라도 전국에서 다섯 손가락 안에 들 자신이 있다.

그렇다고 검정고시를 패스해서 지금 수능을 치르고 싶지는 않았다.

지난 3년을 학교생활 대신 양 도사 밑에서 정신줄 내던지고 지냈다.

무의미한 시간은 아니었지만 중학생 시절이 어떤 건지 나는 평생 경험하지 못할 것이다.

그래서 더욱 앞으로의 고등학교 3년은 추억과 즐거움으로 몇 배로 꽉꽉 채워 엑기스로만 채워볼 생각이다.

"만 17세……. 만 17세……."

여러 종목의 스포츠 중에서도 유독 나의 호기심을 자극하는 골프.

'…절대 손단비 때문은 아니다, 흠흠!'

문득 손단비의 샷을 날리던 기사의 한 장면이 떠올랐다.

축구나 야구는 혼자서도 할 수 없는 종목이었지만 문제가 고등학교를 졸업해야만 프로 선수로 활동할 수 있다.

그런 반면 골프는 그런 규칙에서 자유로웠다.

만 17세가 되면 주어지는 프로 골프 응시 기회.

정보를 더 수집해야 봐야 더 정확하겠지만 지금 내 입장에서는 이 정도 정보만으로도 감사했다.

먹고사는 문제를 해결하고 나면 내가 누리게 될 자유.

생계를 스스로 감당해야 하는 일이 아직은 벅차지만 생각을 바꾸면 나는 어떤 누구보다도 자유롭게 살 수 있는 환경에 놓여 있는 것이 된다.

당장 눈앞의 편안함을 누리기 위해 급한 대로 아무 아르바이트나 할 수는 없다.

물론 사랑과 명예도 그 다음이다.

'처지를 모르고 날뛰다가는 꼴이 우습게 된다구!'

스승 양 도사 설악산 생활 1년을 조금 넘길 때쯤 그 동안 배운 것을 자랑한다고 바위 위를 껑충 껑충 뛰며 설치는 나를 보고 하신 말씀이 있었다.

'이놈 민아~ 네 재주만 믿고 날다가는 바닥에서 뒤뚱거리는 끼룩끼룩 기러기는 고사하고 닭 신세를 면치 못할 것이다!'

선무당이 사람을 잡고 잔재주를 부리던 토끼가 제 꾀에 넘어간다고 나는 아직 모든 게 부족하단 사실을 절대 잊어서는 안 된다.

인간 강민의 갑부 프로젝트.

절대적으로 집중 모드를 유지해야 할 시기인 것이다.

제대로 막이 올라가고 있는 것 같다.

"민아~ 안에 있니?"

'엥? 이 목소리는!'

지난 일주일 동안 마트에서 미리 봐놓은 장을 재료들로 먹는 것을 해결하고 있어서 주인집에 내려갈 일이 없었다.

그도 그럴 것이 초대해 오는 사람도 없었다.

염치없이 신세를 지는 게 내 라이프 스타일도 아니고.

주인집이 떡하니 4층에 둥지를 틀었으니 누구 하나 옥상에 올라오는 이도 없었다.

각 층마다 설치된 CCTV 때문에 완벽하게 사생활이 보호되는 이곳 스타 원룸.

문 밖에서 들리는 고운 세아 누나의 음성에 퍼뜩 정신이 들었다.

"누나~ 안에 있어요~!"

집에서는 굳이 선생님이란 호칭을 자재해 달라고 해 나는 가벼운 목소리로 대답했다.

학교에서 헷갈리는 일이 없어야 할 텐데 내심 걱정스럽기도 하다.

"들어가도 돼?"

"네, 들어오세요."

"호호, 그럼 어디 다 큰 총각 방에 들어가 볼까?"

음색에 즐거운 기운이 가득 찬 세아 누나의 목소리는 귀를 즐겁게 하는 무엇이 있다.

듣는 사람 마음까지 즐겁게 한다.

끼리릭.

부드럽게 열리는 최신형 전자 도어락.

손끝이 꼼꼼한 아저씨가 독립성 강한 아들을 위해 직접 옥상에 올렸다는 옥탑방.

여기저기 살펴봐도 같은 시선 높이의 옥탑방과는 차원이 달랐다.

잘은 모르지만 다른 주택의 옥탑방 마감재와는 질적으로 다른 데다 아저씨의 꼼꼼한 손끝 때문인지 전혀 옥탑방 같은 느낌이 들지 않았다.

한겨울에도 찬바람이 전혀 들지 않을 만큼 두꺼운 출입문부터가 다르다고 해야 할까?

스르륵!

출입문이 열렸다.

그리고…….

'와우!'

속에서 터지는 경탄.

며칠 동안 인터넷만 보다 만나게 된 사람 냄새 팍팍 풍기는 그것도 미모의 여인.

'누님! 이건 아니죠~ 이렇게 대책없이~ 제 심장에 불을 지르시는군요.'

가죽 느낌이 나는 옷감으로 하체에 착! 달라붙는 진회색 바지와 무릎 아래까지 오는 검정부츠.

그 위에 상의는 엉덩이를 살짝 덮는 부츠색과 비슷한 색감의 티셔츠를 입었다.

더구나 쭉쭉 빵빵한 몸매를 전혀 가려주지 못하는 감색 니트를 걸친 듯 만 듯 착용한 세아 누나.

두 눈에 아낌없이 들어오는 날렵하면서 탄력적이며 탱탱한 엉덩이 라인.

그리고 적당히 큰 골반은 피 끓는 젊은 청춘의 심장에 휘발유를 들이붓는 만행을 저지르고 있었다.

"와아~ 우리 민이 생각보다 깔끔하네~?"

'허~ 그럼 누님 생각엔 내가 어떤 학생이었다는 건가요?'

이래봬도 나는 설악산 그 너와집에서도 스승 양 도사가 인정할 만큼 주변을 멀끔하게 정리하고 살았던 사람이다.

문을 열고 한눈에 들어오는 방 안을 둘러보며 칭찬하듯 말을 흘리는 장세아 누님.

"단출하다고 놀리시는 거죠?"

"아니야~ 혁이가 살 때는 돼지우리가 따로 없었어. 아무렇게나 던져진 기타 재떨이에 가득한 담뱃재하며 술병까지……. 아빠가 알게 모르게 속 좀 썩으셨지~"

보지는 못했지만 또 이 방 주인이었던 혁이라는 사람은 세라나 세아 누님과는 좀 다른 느낌으로 전해졌다.

진심으로 세아 누나는 깔끔하게 정리된 내 방을 칭찬하는 중이었다.

'세아 누나는 어떤 사람과 어울릴까? …좋~ 겠다~ 저런 완벽한 팔등신 미인과 살면 어떤 기분일까?

나는 머리를 좌우로 흔들며 머릿속에 떠오르는 생각을 털어냈다.

'에라이~ 정신 나간 놈!'

상상하기에도 나이 차이가 꽤 나서 내심 민망했다.

하지만 한 번쯤 상상해 볼 만한 매력덩어리 장세아 누나.

학교에 등교하기 시작하면 얄짤없이 선생님이라고 호칭해야 하지만 집에서는 좀 더 자연스러운 누나.

까칠하고 도도해 보이는 외모와 달리 웃음은 시원시원했고 보이는 행동은 유쾌했다.

보이는 외모와 달리 천성적인 성격은 묘한 매력이 있다.

"그런데 무슨 일로……."

아직 휴대전화를 개통하지 않아 달리 연락을 할 수 있는 방법이 없는 나.

나를 만나려면 직접 찾아오는 수밖에 없지만 세아 누나가 나를 찾을 이유는 딱히 없었다.

더구나 어디 외출을 하려는지 차려입고 올라온 모습.

"다음 주면 개학인데 준비 다했니?"

"네? 준비요?"

그렇다.

정상적으로라면 나도 나의 고등학교 입학을 위해 가족들이 이것저것 챙기며 함께 준비를 해줬을 것이다.

"교복, 체육복, 그런 거 말이야. 너~ 설마~"

잊고 있었다.

학교에 갈 수 있다는 것만 생각하다가 정작 학교에서 필요한 게 뭔지 미처 생각지 못했다.

"헉!"

이런 데서 아직 내가 누군가의 손길이 필요한 청소년이란 걸 인정하지 않을 수 없게 된다.

아무리 깊게 생각하고 넓게 본다고 자부해 보지만 나이가 가르쳐 주는 삶에 필요한 것들은 알 수 없는 모양이다.

'그래서 모든 건 때가 있다고 한 거구나!'

설악산 너와집에서 떠나오기 전날 밤 스승 양 도사가 하는 수 없이 나를 보내주는 듯하다가 마지막에 흘리신 말씀이 문득 떠올랐다.

'그래, 모든 건 그 때가 있는 법이니 네 뜻대로 하는 것이 맞을 것이다.'

지난 일주일 동안 세상을 파악한답시고 현실적인 문제는 뒤로하고 보이지도 않는 미래를 설계하느라 전력을 쏟았던 나.

정작 학생으로서 갖춰야 할 중요한 기본 사항들은 다 놓치고 있었던 것이다.

"준비 안 했지?"

"네……."

괜히 혼자 뭐든 잘해낼 수 있다고 큰소리쳤던 저녁 먹던 자리가 떠올랐다.

상황이 이렇게 되니 영락없이 빈틈 많은 가정의 청소년이 된 기분이다.

"내 이럴 줄 알았지. 아무리 천재네 뭐네 해도 집에 어른이 있어야 하는 거야~!"

나는 괜히 어깨에 힘이 빠지는 기분이 들었다.

방금 전까지 프로 골퍼가 돼서 부와 명예를 거머쥔 멋진 성인 남자로서 세계를 휘어잡는 꿈을 꾸었다.

'이 꼴이 뭐람! 완전 홀아비 신세 같고만.'

"어느 집에든 여자가 있어야 하는 이유가 이런 거야. 그 여자가 엄마면 좋겠지~ 만~ ……."

'…….'

부족해도 한참 부족한 정신연령 수준이 바닥을 보이는 순간이다.

"어머! 민아 미안해~ 일부러 그런 건 아닌데~ 내가 실수한 거니?"

"아~ 아니에요~ 맞는 말씀인데요, 뭘~ 저도 부모님이 계셨으면 하고 생각하고 있었어요."

'헐~ 또 이건 아니잖아~?'

괜히 세아 누님이 민망할까 봐 배려한다는 게 거짓말을 하고 말았다.

눈도 깜짝하지 않고 거짓말을 잘도 하는 나를 보며 스스로 역시 스승과 제자는 같구나 하는 생각이 들었다.

"호호호, 그랬구나? 여자가 챙겨주지 않으면 애나 어른이나 하나같이 홀아비 꼴이 난다니까~ 일명 고독한 홀아비의 몸부림이라고나 할까?"

'켁……. 고독한 홀아비의 몸부림!'

세아 누님은 계속 뭐라고 중얼거리며 볼 것도 많지 않은 내 방을 샅샅이 훑으며 이것저것 만져보고 다녔다.

아직 한참 피지도 않은 새파란 청춘인 나를 홀아비로 모는 세아 누님.

"뭐, 그렇다고 우리 민이가 홀아비라는 말은 아니야."

'켁!'

달리는 놈 발 걸어 넘어뜨리고 본인이 더 아프다고 하는 요 지경.

열라 패고 파스 내놓는 행위와 맞먹는 세아 누님의 폭언.

홀아비에 한 대 얻어맞아 귀가 멍한데 세아 누나는 뭐라고 계속해서 중얼중얼 하고 있다.

"옷 챙겨 입고 나와."

"……??"

몸을 휙 돌리더니 뜬금없이 옷을 입고 나오라고 말하고는 문 쪽으로 돌아선 세아 누님.

"정식으로 우리 학교 입학생이 된 기념? 뭐, 호적 정리까진 아니지만 동생인 민이를 위해 눈부신 미모의 이 몸께서 시간 좀 냈지."

'헐? 이건 또 뭐지?'

어젯밤 꿈은 별게 없었다.

밤새 너와집 그 좁은 방에서 스승의 묵직한 두 다리에 눌려 낑낑 대던 꿈.

거의 악몽 수준이었다.

역시 내가 꾸는 꿈은 개꿈.

반대다.

단 한 번도 제대로 맞은 적이 없는 개꿈.

역시 반대로 해몽하며 지내온 세월에 대한 보답이 진정 이 토록 아름답단 말인가.

설악산 계곡에서 북경루로 뛰다 보면 이른 새벽 똥차를 보는 경우가 종종 있다.

북경루 동료들만 해도 출근하면서부터 똥차를 봤다고 재수 없다 말했지만 나는 똥 꿈이 좋다는데 그런 똥이 가득 찬 차를 아침부터 봤으니 얼마나 재수가 좋겠는가 하고 생각하는 쪽이었다.

물론 똥차까지 팔아가며 하루 운세가 제발 내 편이 되어 주길 바라는 마음이 강해서였기도 하다.

"뭐해. 이런 미인이 먼저 데이트 신청하는 데 그렇게 뻣뻣하게 있을 거야?"

"데, 데이트요??"

데이트라는 말에 정신이 번쩍 들었다.

내 인생에 단 한 번도 없었던 일대일 만남.

그것도 킹카!

'오늘 해가 분명 동쪽에서 뜬 거야??

데이트란 말이 사람 마음을 묘하게 흔들었다.

분명 내가 다닐 학교의 선생님이고 아래층 누님이지만 알게 뭐람.

현실은 엄청난 미녀의 입에서 데이트라는 말이 나왔다는 것뿐이고 그 사실에 나는 가슴이 설레었다.

아직 대초원을 포효하는 성인 사자는 아니었지만 신체적으로는 완벽하게 성장한 상태.

성숙할 대로 성숙한 나에게 달콤한 향기를 뿌리는 여인의 도발적 발언은 치명적 유혹 그 자체인 것이다.

"이거 누나 부탁이니 거절할 수도 없고……. 알겠습니다. 밖에서 잠시만 기다리십시오."

"뭐, 뭐라고? 호호, 호호호호호호."

기관차가 내 가슴팍을 밀고 지나가듯 심장은 팍팍 뛰었지만 표정엔 내색하지 않았다.

의외로 담담한 내 말투에 웃음을 터뜨리는 세아 누님.

'난, 난……. 심장이 튀어나갈 것 같다구요~'

호흡법을 닦아놓지 않았다면 나는 급격하게 불규칙적으로 뛰는 심장 덕에 얼굴이 눈에 띄게 화끈거렸을 것이다.

"그래~ 오늘은 이 누나가 한 번 참는다. 하지만 다음엔 국물도 없어!"

'들리지 않아요~ 누~ 님~ 뭐~ 라구요~?'

한순간 웃음을 뚝 멈추더니 도도한 표정으로 얼굴색이 바뀐 세아 누나.

이런 순간엔 내 스스로 세아 누님이 선생님이란 사실을 망각하지 말았으면 하는 생각이 절실했다.

'어쩜~ 째리는 모습도~ 호호~!!'

이성과 현실의 간격이 너무 멀다.

왜 바짝 마른 침은 목구멍으로 넘어가고 난리란 말인가.

연상 여인이 나의 인연인가 하는 생각까지 스치는 순간이다.

분명 나보다 무려 십 년 가까운 세월을 더 산 연상인데 하는 짓 모두 다 귀엽고 사랑스러워 보인다는 것이다.

'정신 차려라~ 강민~ 세라면 모를까 세아 누님은 너를 가르칠 선생님이라구~'

내 정신이 어떻게 된 것처럼 세아 누님의 그런 행동이 나에게 보이는 즐거운 투정처럼 받아들여지고 있었다.

착각도 과하면 정신병인 것인데.

나는 설렘이 섞인 목소리를 세아 누님이 눈치채지 못하도록 과장되게 깔며 장난처럼 말했다.

"성은이 망극하옵니다~"

"알아서 모셔~ 나 쉬운 여자 아니야. 호호호."

세아 누나 역시 나의 장난 섞은 말에 응대하며 나를 정말 친동생처럼 허물없이 대하고 있는 게 느껴졌다.

그러면서 과장되게 고개까지 숙이며 제스처를 취하자 깔깔거리며 다시 표정이 풀어지는 세아 누나의 활기찬 모습.

'그럼 지금부터 데이트 한 번 즐겨볼까~'

피붙이 하나 없는 내 삶의 풍경에 세아 누나의 가족들이 또다른 이름의 가족이 되어주고 있다.

이렇게 직접 찾아와 교복이나 다른 학습에 필요한 것들을 챙겨주지 않았다면 입학 첫날부터 튀는 신입생이 될 뻔했다.

중학교도 정상적인 교육을 받지 않은 채 건너뛰고 해서 학교라는 집단생활에 대해 아는 바가 거의 없는 상태.

세아 누님의 데이트(?) 신청이 내 똑같은 일상에 큰 활력이 되고 있다.

'방이나 옷이나 죄 심플하네.'

사실 이것저것 꺼내 어질고 싶어도 그럴 만한 물건이 없다.

부엌살림과 책상과 컴퓨터, 개켜서 포개놓은 이불 한 채, 옷걸이에 걸려 있는 추리닝 두 벌과 외출용 청바지와 면티, 남방하나 그리고 투플러스 마트에서 구입한 청색 패딩 점퍼가 전부다.

'시~임플하다 못해 참 없다 없어!'

나는 이런 날이 있을 줄 알았다면 좀 더 돈을 써서라도 한두 벌 옷을 더 마련해 놓을 걸 잘못했다고 생각했다.

"빨리 나오렴~"

끼릭.

문을 열고 밖으로 나가는 세아 누님의 뒷모습.

꿀꺽.

그새 언제 침은 또 입에 고였는지 날씬하면서도 볼륨감있는 힙 라인에 눈이 꽂히자 나도 모르게 마른침이 또 넘어갔다.

남자로 태어난 어쩔 수 없는 본능일까.

그래 자석의 음극과 양극처럼 아주 당연한 것이다.

이 당연한 것에서 나는 무려 3년이란 긴 시간을 감금당하다시피 그 허옇게 늙어빠진 스승 양 도사만을 바라보고 산 게 갑자기 원통해졌다.

이제는 기꺼이 충실하고 싶다.

깊은 밤.

그것도 긴 밤 짧은 밤 상관없이 보름마다 어김없이 찾아오는 손님 때문에 수발 들어본 남자라면 기꺼이 한 표를 줄 것이다.

비가 오나 눈이 오나 바람이 부나 그 손님 덕에 계곡에 가서 차박차박 속옷 빨래를 해보지 않은 남자라면 입을 다물어야 한다.

웬만한 것에는 관심이 없었던 스승 양 도사.

코딱지만 너와집 단칸방에서 제자가 밤새 처녀귀신에게 겁탈을 당하느라 발버둥을 쳐도 코를 골며 잠만 잘도 잤다.

인생의 꼬린지 머린지를 지나 쓴맛 단맛 다 본 할배는 경험해 보고 싶어도 꿈도 못 꿀 젊은 청춘의 장점이자 단점.

쿵쿵, 쿵쿵.

세아 누님을 따라 나서는 나의 심장이 빠르게 뛰었다.

마음은 고요함을 불러들이려 애썼지만 왕성한 호르몬은 내 의지와 상관없이 몸의 모든 세포를 깨워 미친 코끼리처럼 설치게 했다.

고삐 풀린 망아지처럼 날뛰는 듯하다.

겨울 점퍼가 아니고 얇은 티셔츠 같은 옷이었다면 내 심장 부분이 들썩이는 게 눈에 띌 정도다.

내 몸의 모든 세포는 열일곱 살의 피 끓은 청소년.

분명 스승 양 도사에게 교육받은 것은 이것과 달랐다.

자신의 의지를 스스로 컨트롤하고 망나니 같은 마음의 끈을 절대 놓치지 않으면 본래의 고요한 의식이 신체를 컨트롤 해 자유자재로 몸을 움직일 수 있다고 했는데 잘되지 않는다.

몸의 모든 세포가 나의 의식으로 컨트롤되고 있지 않다.

세아 누님의 활기찬 모습과 생기발랄한 음색, 그리고 여인들만의 고유한 체취.

걸을 때마다 긴 머리카락이 바람에 살짝 날리기도 하고 샴푸향인지 스킨 향인지 모르지만 코끝을 스치는 향긋한 내음.

이제 열일곱 살.

젊다 못해 팔팔한 청춘의 세포들이 자신들에게도 이성을 선택할 수 있는 자유를 달라고 발악을 하는 듯하다.

'조금만 참아라. 이제 암흑의 시대는 가고 새로운 세상이 열릴 것이니!'

본의 아니게 비극이었던 초등학교 시절과 암흑의 절정기라고 말할 만한 지난 3년 동안의 설악산 너와집 생활.

그리고 과거와는 비교할 수 없을 만큼 180도 뒤바뀐 나의 오늘.

이제 그 어떤 시절과도 비교할 수 없는 남녀공학의 꽃피는 고등학교 생활.

세아 누님과의 이런 외출만으로도 나의 고등학교 생활이 얼마나 퍼펙트할지 상상이 되고도 남았다.

벌써 기대가 하늘을 찌르고 있다.

이곳은 서울.

아니 대한민국의 중심 강남.

오죽했으면 선조들께서 강남 갔던 제비가 다시 돌아오기를 그토록 애타게 기다렸겠는가.

한반도의 미녀들이 서식하는 최고의 밀림.

물론 나는 스승 양 도사처럼 뼛속까지 여색을 가깝게 하는 피는 아니다. 다만 나는 여인들을 존중할 뿐이다.

살아생전 내 아버지가 어머니를 대하시던 모습처럼 말이다.

그간 설악산 그 낡고 허름한 너와집에서도 나름대로 눈치

봐가며 성교육을 받았다.

나 강민은 배운 것을 철저하게 삶에 적용하고 반추해 확인하는 강한 정신력을 갖추고 준비된 청소년으로 강남에 왔다.

암암리에 전수받은 여성들에 대한 박식한 정보를 100번 활용해 결코 나를 바라보는 여인들에게 방관자는 되지 않을 것이다.

사람으로 태어난 인생.

내 의지와 상관없이 홀로 남게 되었지만 불꽃처럼 화끈하게 불사르며 살다 갈 참이다.

보너스로 가늘고 길게…….

돌아가신 아버지처럼 자식을 독자로 남기는 일 없이 되도록 모햔나 햄처럼 많이 놓고 갈 것이다.

사람으로 태어난 기회를 한껏 누리고 갖은 즐거움과 행복을 모두 맛볼 참이다.

누가 뭐라 해도 난 그럴 자격이 있다.

스승 양 도사께서 늘 입에 달고 하신 말씀이 어느새 나의 든든한 백그라운드가 되어 있기 때문이다.

예부터 고아와 과부는 하늘이 보너스를 잔뜩 주신다 했다.

나는 하늘이 거두는 고아다.

물론 내가 흘린 땀방울의 양은 그 어떤 이들이 흘린 것보다 많고 진했다.

진인사대천명.

나는 한참 부모의 그늘이 필요할 때 혼자 남아 내가 할 수 있는 일은 최선을 다해 임했다.

그리고 오갈 데 없는(?) 스승 양 도사를 무려 3년 동안이나 물심양면으로 거뒀다.

스승님 쪽 말씀을 들으면 그 입장이 좀 다르겠지만 내 입장에서는 한 치의 거짓도 없다.

'하늘이여~ 이제는 고아를 거두소서~'

어릴 적 집안의 가훈이기도 했던 한자성어.

어린 나이부터 사람으로서 할 일은 거의 다한 것 같으니 이제는 하늘에 대고 통보할 참이다.

아니 하늘도 들어줄 수밖에 없을 만큼 내 삶을 통해 감동의 드라마를 만들어 낼 것이다.

죽을 때까지 배고픈 사자처럼 세상을 포효하며 달릴 것이리라.

제7장
베라 황
MASTER K

“준비 다 됐습니다~”

민이가 옥탑방에 오기 전에까지 마음이 답답하면 가끔 올라와 야경을 감상하던 옥상.

계절이 겨울의 끝자락이라 관악산의 빛은 푸르거나 붉지도 않았다.

며칠 전 내린 눈 때문에 산봉우리들은 새하얀 눈으로 듬성듬성 덮여 있었다.

장세아는 이 건물의 옥상을 좋아했다.

첫사랑의 아픔도 세계 선수권 대회에서 발목부상을 당해 은퇴할 당시에도 이곳에 올라와 관악산을 바라보며 마음을 비우고 추슬렀다.

강남에서도 시야가 탁 트인 이만한 명당자리를 찾기 쉽지 않다.

단독주택단지라 앞을 가리는 높은 아파트가 없고, 다른 주택들보다 높게 지어진 덕에 행인들의 시선도 받지 않았다.

장세아만의 이런 명당자리를 강민이 옥탑방에 오면서 예전처럼 쉽게 이용할 수 없게 되었다.

건물 전체의 옥상이긴 했지만 권리는 암묵적으로 옥탑방에 거주하는 사람에게 사용권한이 있는 게 상식이었다.

스윽.

밝고 경쾌한 목소리에 고개를 돌리는 장세아.

'아!'

순간 입 밖으로 터져 나올 뻔한 신음을 참아야 했다.

'멋있어……'

187센티 정도 되는 큰 키에 여자라면 누구나 한번 품에 안기고 싶을 만큼 넓게 벌어진 어깨, 울퉁불퉁 굵게 튀어나온 근육이 아니라 섬세한 잔근육이 발달해 탄탄하면서 날렵한 몸을 소유한 강민.

리듬체조 선수 시절을 보냈었기에 근육 발달의 구조와 신체의 아름다움을 잘 알고 있었다.

장세아 역시 체조 선수시절부터 운동으로 몸을 관리해 왔기 때문에 움직이는 모습만 봐도 눈치챌 수 있었다.

더욱이 중고등학교 때와 대학교 때까지 한국을 대표하는 미녀 체조선수로 널리 이름을 알렸던 그녀였다.

운동선수답지 않은 균형 잡힌 몸매에 적당히 발달된 근육이 건강한 여성의 상징처럼 대우받기도 했다.

광고 제의도 여러 건 받았지만 아버지 장씨의 반대로 무산되었다.

운동선수로서 먼저 실력을 인정받고 난 다음 광고 일을 해도 늦지 않는다는 게 아버지의 뜻이었다.

그러나 예기치 못한 부상으로 선수 생활을 접어야 했고, 잠시 우울증에 빠져 시간을 보낸 사이 나이는 이십대 중반이 되었다.

그렇다고 삶에 대한 열정까지 잊고 지내지는 않았다.

내로라하는 사립 대학교 연서대 출신에 한국 대표 선수로 활동했던 경력을 인정받아 한국 고등학교 체육 교사 겸, 체조 담당 교사로 제2의 인생을 시작했다.

혹시 몰라 이수해 두었던 교사 자격증을 제대로 활용하게 된 장세아.

본인은 운동을 계속할 수 없게 되었지만 더 나은 제2의 장세아를 만날 수도 있을 거라 생각한 것이다.

지금은 사람들 기억 속에서 잊혀졌지만 그녀 나이 십대 후반에는 국내에 굴지의 팬클럽까지 있었을 만큼 그 인기가 대단했다.

화려한 스포츠계의 신데렐라였던 장세아의 눈에 들어온 강민.

운동하던 시절과 교사 일을 시작하면서 몇 번의 뜨거운 사랑과 이별을 경험했던 장세아.

다는 몰라도 남자에 대해 아주 모르지는 않았다.

강남에서 벗어나 살아본 적이 없는 장세아.

한때 스포츠계의 미의 여신이라는 타이틀까지 얻으며 인기를 누렸었기에 준재벌가의 자녀들과 스타 연예인들의 대시도 받았었다.

불과 3년 전만 해도 잘나가는 꽃미남 아이돌까지 길거리에서 헌팅을 청할 정도였다.

아직도 거리에 나가면 기획사 명함 몇 장은 쉽게 받는 게 일인 장세아.

'성격이 꽤 밝은 아이야. 성격도 시원시원하고 예의도 바르고 …고아라는 생각이 들지 않아. 속을 알 수는 아이……. 열일곱 살 아이가 아니라 서른 살 정도의… 아, 그런 편안함과 넉넉함이 느껴져…….'

처음에는 어린 학생에 대한 단순한 호기심이었다.

혁이가 쓰던 옥탑방에 한국 고등학교 신입생이 세입자로 들어왔다는 말에 얼굴이나 한 번 볼까 하는 정도였다.

대한민국 최고 수재들이 모인다는 한국 고등학교.

자사고나 민사고, 외고를 제치고 탑이 되었다.

입학과 동시에 최소 서울 유명 사립대 이상을 보장했기에 학생들의 기세도 여느 고등학교 학생들보다 강했다.

그리고 어느 정도 집안의 경제력이 바탕이 되어 줘야 입학에 이어 졸업까지 무난하게 할 수 있었다.

돈이 인재를 만들어 내는 시대였다.

대부분 엄청난 고액 과외를 받았다.

가세가 기울어 자녀의 한국 고등학교 졸업과 동시에 집안 사정이 급격하게 나빠져 정작 대학 입학이 어려워진 아이들도 몇 명 봤다.

그런 학교에 보육원 출신이 학생이 입학을 앞두고 동생이 살던 옥탑방에 월세로 들어온 것이다.

장세아는 선생님들 사이에서 회자되고 있는 천재 소년 강민을 확인하고 싶었다.

그것도 본인이 살고 있는 건물의 옥탑방에 온 사람이 정말 그 학생이라는 게 믿어지지 않았다.

그러나 학교에서 들었던 이름과 얼굴을 직접 보고 난 뒤 장세아는 뭔가 변하기 시작한 자신을 보았다.

자신이 상상하던 열일곱 살 소년 이상의 소년을 마주하게 된 것이다.

강민은 소년이라고 말하기에는 뭔가 어색했다.

요즘 잘나가는 꽃미남 아이돌과도 달랐다.

선이 예쁘고 곱상한 얼굴과는 거리가 멀었다.

선이 굵고 두 눈에는 당당함과 자신감이 가득한 성인 남자의 얼굴.

그런 느낌이 강했다.

처음 아버지 장씨의 심부름으로 민이를 데리러 옥상에 올라왔을 때 자신도 모르게 가슴이 뛰던 순간 장세아는 자신에게서 일어나는 변화를 느꼈다.

차가운 공기가 얼굴을 스치지 않았다면 살짝 붉어진 낯빛이 부끄러웠을 것이다.

172센티의 늘씬한 키.

하이힐을 신고 마주보고 서 있었지만 자신보다 컸다.

살짝 고개를 들고 마주봐야 할 만큼.

분명 이제 열일곱 살의 학생이라고 했다.

하지만 굽이 높은 구두를 신고도 기댈 수 있을 만큼 듬직하고 컸다.

진로를 모델로 정해도 호쾌하고 시원한 이미지 덕에 크게 빛을 볼 만한 외모의 강민.

게다가 머리 또한 수재로 아이큐가 175.

아이큐 175는 아무나 소유할 수 있는 능력이 아니었다.

주변에서 우수한 인재들을 많이 보았던 장세아는 알고 있었다.

제아무리 천재라고 만인이 인정해도 자신의 능력을 갈고 닦지 않는다면 진흙 속에 묻힌 진주일 뿐이란 걸.

장세아는 점퍼 차림으로 문을 나서는 민이를 바라보았다.

'아주 평범한 옷차림인데… 갖춰 입으면 제법이겠는 걸?

강남의 패션 스타일과 거리가 먼 민이의 차림.

하지만 갖춰진 외모가 워낙 뛰어났고 지적이면서 당당한 눈빛은 그 누구에게도 빠지지 않아 보였다.

'크게 성공할 관상이라고 했지……'

한때 사시 공부를 하던 아버지 장씨의 취미가 바로 관상학과 역학이었다.

그런 장씨가 말했다.

강민이는 세상이 알아주는 대성공을 거둘 인재라고 말이다.

"누님?"

"으, 응?"

답답할 때마다 습관처럼 눈길이 가 닿던 관악산이 눈에 들어오지 않았다.

강민의 방문을 나서면서부터 열리지도 않은 문을 계속 쳐다보고 있었던 장세아.

"뭐하세요?"

"아, 아니……. 그냥."

멍하니 강민을 바라보던 장세아의 얼굴이 살짝 붉어졌다.

무려 여덟 살의 나이 차이가 났다.

그리고 며칠 뒤면 학교에서 마주칠 학생.

그런데도 이성과는 상관없이 제멋대로 심장이 뛰었다.

"오늘 하루 잘 부탁합니다."

"호호, 그래~ 이 누님만 믿어."

강민의 눈빛에서 따스함과 장난기가 함께 비쳤다.

장세아는 그런 민이를 향해 하얀 치아를 드러내며 미소를 지었다.

남자들이 예쁜 여성들과 데이트하는 게 로망이듯 여자들도 마찬가지다.

힐을 신은 자신보다 머리 하나가 더 큰 강민.

그런 멋진 남자와 함께 길을 걸으며 사람들의 시선을 한꺼번에 받는 기분.

그 시선에 주목받아 본 쾌감은 느껴본 사람만이 알 것이다.

"엄마, 언니는?"

"언니? 나갔는데?"

"어디?"

"민이 학생 교복도 사고 이것저것 준비물 챙겨준다고 나갔다."

"두, 둘만?"

"아마 그럴걸?"

"……"

"치이, 동생은 챙겨주지도 않고."

"왜? 뭐 살 거 있니? 그럼 엄마랑 나가자. 마침 백화점 갈 일도 있으니."

평소보다 학원에서 일찍 집에 돌아온 세라.

이상한 예감에 언니를 찾았고 강민과 나갔다는 소리에 괜히 심술이 났다.

"그런데 엄마, 정말 그 사람은 새벽 4시에 일어나서 매일 운동해?"

"그런 것 같더구나. 아빠가 CCTV를 확인하시다가 깜짝 놀랐지 뭐니."

세아는 며칠 전 어머니 강 여사와 아버지 장씨가 나누는 대화를 듣게 되었다.

"그리고 그 사람이 뭐니. 오빠라고 불러! 엄마와 종친을 떠나서 부모도 없이 그렇게 열심히 사는 사람은 세상에 드물다."

'엄마는 괜히 그래. 내가 뭐랬다고.'

괜히 오빠라고 가볍게 불러도 되는데 세아는 왠지 그 말이 쉽게 나오지 않을 것 같다.

강 여사는 강민에 대한 관심이 부쩍 많아졌다.

부모님도 안 계신데 열심히 사는 강민의 모습에 마음이 많이 쓰였던 것이다.

"공부며 운동도 열심히 하는 걸 봐서 머지않아 세상을 떠들썩하게 만들 게 분명해. 아빠가 관상을 보고 대단한 재물복이 있는 귀인상이라고 했거든. 너도 알다시피 아빠가 사람 보는 눈은 정확하지 않겠니?"

세아도 언니 세라와 함께 있을 때 아버지의 그 얘기를 들은 기억이 난다.

"요즘 세상에 관상은 무슨……."

세아의 기억에도 아버지 장씨가 사람들의 관상을 보고 흘린 말들이 여태 틀린 적이 없다는 것을 잘 알고 있다.

"믿어, 엄마도 똑똑하다는 애들 많이 봐왔지만 민이처럼 총기 가득한 눈빛은 처음 봤어."

강 여사는 집안 정리를 하던 손을 멈추고 세아를 돌아보며 강민이 아들이나 되는 듯 힘을 주어 말을 이었다.

"너도 남자 친구를 만나려거든 민이 같은 학생을 만나. 돈 많은 집 자식보다 평생 돈 걱정 안 해도 되는 능력있는 남자 만나는 게 좋아."

'엄마는 무슨 소리를 하는 거야? 나한테 지금 남자 친구나 만들라는 거야? 내가 뭐 어쨌다구!'

세아는 강 여사의 말에 얼굴이 살짝 붉어졌다.

자신의 속내를 강 여사가 다 알고 얘기하는 것 같아서 괜히 부끄러워진 것이다.

"그리고 성격도 얼마나 싹싹하고 좋니? 요즘 애들 같이 되바라지지도 않고."

입에 침이 마르도록 강민을 칭찬하는 강 여사.

'엄마는 혁이 오빠를 잊어버린 사람 같아. 예~ 예~ 알겠습니다~'

세아는 속으로 강 여사가 오버하는 거라고 생각했다.

"엄마, 언니에게 전화해 봐. 나도 필요한 게 있어."

"그래, 나가면서 전화하자."

"응!"

시무룩하던 목소리에 갑자기 힘이 들어가는 장세라.

그녀의 머릿속을 맴도는 한 소년의 얼굴.

'치이……'

왠지 언니 세아와 외출했다는 소리에 자신도 모르게 묘한 질투심 같은 게 일어났다.

딱 한번 얼굴을 봤을 뿐인데 언니와 단둘이만 나갔다는 강민이 서운했다.

알 수 없는 마음의 동요.

열여섯 살 소녀 자신도 알 수 없는 감정의 변화였다.

"와……."

"휴우."

"어머!"

'이게 바로 있는 자의 낭만이구나.'

단지 눈에 띄는 미모의 여인과 함께 나란히 걷는 것만으로도 주위의 시선을 끌었다.

세아 누나 역시 입가의 미소가 가시지 않았다.

"연예인들 아냐?"

"처음 보는데……."

"저 언니 몸매 환상이다."

사람들은 당사자들이 듣든 말든 상관하지 않고 제멋대로 떠들어댔다.

"남자애는 좀 어린 것 같은데?"

"그래도 멋있어. 키 큰 것 봐."

그냥 스쳐 지나가는 사람들이 없었다.

열에 열 모두 세아 누나와 나를 힐끔거리며 자기네끼리 한마디씩 주고받았다.

혼자 지나가는 사람들마저 시선을 돌리지 못하고 걸음을 옮겼다.

“몸매 죽인다.”

“전생에 우주를 구했나…….”

“키 큰 것 봐라. 에휴, 난 죽어야지.”

세아 누나와 함께 다니다가는 하루 종일 이런 말들을 뒷덜미에 달고 다녀야 할 것 같은 생각이 들었다.

“걱정 마. 넌 대가리가 크잖아. 크크.”

“뭐라고!”

수근수근 소곤소곤.

태어나면서부터 워낙 예민했던 청각.

게다가 설악산 너와집 생활 당시 더 예민하게 개발되었다.

나와 세아 누님을 스쳐 지나가는 사람들 모두 하나같이 부러움과 질시, 한탄의 신음을 툭툭 던지고 지나갔다.

‘확실히 연예인 포스야. 흐흐.’

번화한 거리로 나오자마자 눈에 띄기 시작하는 뭇 미모의 여인들.

비슷비슷한 남자들과 달리 여인들의 아름다운 몸매와 옷차림은 보는 눈을 즐겁게 했다.

아직 한겨울이라 겉옷이 제법 두툼했지만 가끔은 계절을 가늠하기 힘들 정도로 가벼운 옷차림을 한 여성들도 눈에 띄었다.

봄만 되었어도 사뭇 거리의 풍경은 달랐을 것 같다.

여름이 되면 펼쳐질 아찔한 거리의 풍경을 상상하니 절로 입가에 미소가 지어졌다.

이 번화한 거리의 여인들 중에서 단연 군계일학으로 돋보이는 세아 누나.

지나가는 사람에 관심이 없었던 사람에게까지 눈에 띌 세아 누님의 미모.

열일곱 살이라는 내 나이.

나이 차이만 극복할 수 있다면 첫 번째 연인으로 부족함이 없는 여인.

대차게 인생 한 번 던져 보고 싶을 만큼 매력적이었다.

적당하게 볼륨이 있는 늘씬한 몸매와 도도한 눈빛 그리고 묘한 아름다움까지 풍기는 시크한 도시녀.

나에게 데이트 신청할 때와는 좀 다른 느낌으로 세아 누나는 뭇 사람들의 시선을 즐기며 거리를 걸었다.

"민아, 우리 학교 교복은 전문 매장에서 맞춰 입어야 해."

"네? 맞춰 입어요?"

"걱정하지 마~ 교복값도 지불되어 있어. 1년에 한 번씩 동복과 하복, 춘추복이 지원돼."

'뭐야? 교복이 공짜야? 그리고 춘추복은 또 뭐야?'

확실히 럭셔리 학교라 차원이 달랐다.

심심치 않게 인터넷에 올라오는 교복 광고를 본 적 있다.

그러나 공짜(?)로 맞춰 입는다는 사실은 처음 듣는다.

합격 통지서도 전자 메일로 받았던 까닭에 실제 무엇을 준비해야 하는지 모르고 있었다.

보육원에 주소를 둔 이후 단 한 번도 다른 곳으로 전입을 한

적이 없었다.

그렇기 때문에 보육원으로 직접 찾아가기 전까지는 내게 온 우편물이 뭔지 전혀 알 길이 없었다.

스승 양 도사에게서 워낙 급하게 탈출 아닌 탈출을 하느라 놓쳐버린 몇 가지의 정보.

내뺄 생각이 가득 찬 상태에서는 머리가 좋은 것과 상황은 별개의 문제였다.

마음이 급해지면 본의 아니게 실수할 때가 종종 생긴다.

"여기야."

"와우!"

강남대로 한복판에 위치한 약 200여 평 정도의 1층 건물.

외관이 깔끔한 아이보리색으로 페인팅 된 건물에는 루나베스트로라는 제법 고급스럽게 디자인 된 간판이 걸려 있었다.

"명품 매장 정도라고 생각하면 돼~"

나 혼자라면 웬만해서는 들어갈 엄두도 나지 않을 만큼의 분위기가 입구 바닥부터 느껴졌다.

금사 직물로 된 발판인지 뭔지가 해변의 금모래처럼 빛을 받아 빤짝이며 밟으면 가만히 두지 않겠다는 듯 깔려 있었다.

'그래 발판도 강남 출신이란 거냐?

세아 누나는 걸음을 멈추고 나를 돌아보았다.

"교복값이 비싸겠군요."

"한 벌에 200만 원 정도 해. 이곳 매장 이름값에 비하면 저렴한 거지."

'200만 원!'

나는 루나베스트로 입구에 깔려 있는 발판을 쳐다보았다.

'개 이름이 이백이도 아니고'

세아 누나의 입에서 가볍게 흘러나오는 200이라는 말.

배운 게 도둑질이라고 요리 실력 하나 인정받아 그것도 20일 정도는 뼈 빠지게 일해야 받을 수 있는 액수다.

'돈에 대한 개념이 다른 건가? …물질적 기준이 다르다더니.'

하긴 여기 오면서 봤던 대로를 달리던 차들 대부분이 외제 차였다.

대한민국 수도 서울에서 또 다른 의미의 수도로 불리는 강남.

목표를 위해 찾아왔지만 썩 정이 가는 동네는 아니다.

거리를 오가는 어여쁜 누님들은 빼고.

"들어가자."

"네!"

앞서 루나베스트로 매장 문을 열고 안으로 들어가는 세아 누님.

'웁스.'

나는 잘난 척하는 발판을 쳐다보려 시선을 떨어뜨렸다.

하지만 막상 눈에 들어온 건 쫘악 달라붙은 바지를 입은 그녀의 하체.

'저 몸매에 힙 라인까지 예술~?'

구조상 이해가 가지 않는 신비한 여인의 몸매.

언뜻 늘씬하기만 한 것 같은데 나올 데 나오고 들어갈 데 들어간 볼륨감 넘치는 환상적인 몸의 비율.

눈길을 서둘러 거두며 매장 안으로 따라 들어갔다.

"어서 오세요."

매장 안에서는 깔끔한 검은색 정장을 입은 여직원 두 사람이 세아 누나와 나를 보며 인사를 해왔다.

그것도 90도 각도로 허리를 꾸벅 숙이며.

'대한민국 미녀들은 다 강남 사는 거야?'

루나베스트로 매장에서 일하는 두 여성도 평범한 외모는 아니었다.

적당히 진한 화장으로 눈길을 끌었고 머리 스타일 역시 세련돼 보였다.

유니폼인 듯한 검정색 정장은 척 보기만 해도 '나 고급이거든' 하고 티를 내었다.

"손님, 무엇을 도와드릴까요?"

"교복을 좀 맞추러 왔어요."

"아! 한국 고등학교 학생인가요?"

"네. 이번에 들어온 신입생이에요."

세아 누나는 나의 보호자를 자처해 루나베스트로 직원에게 교복을 맞추러 왔다고 말했다.

"이쪽입니다."

다른 학생들은 이미 교복을 다 맞춘 듯 매장 안에는 학생으로 보이는 사람은 눈에 띄지 않았다.

'내가 좀 늦었지. 진작 맞춰 놓았어야 했는데.'

"어머, 한국 고등학교 학생이야?"

"멋있게 생겼네~ 공부도 잘하나 봐."

매장 안에서 옷을 고르고 있던 이십대 후반 정도의 여성 몇몇이 나를 보며 자기네끼리 수군거렸다.

"미래의 고객 유치를 위해서 이것도 경쟁을 해서 낙찰받은 거야."

"그래요?"

아마 루나베스트로 매장에서만 한국 고등학교 교복을 취급한다는 말인 것 같다.

"한국 고등학교를 졸업한 학생들 대부분 대한민국 상위 1프로로 진출하는 건 시간문제야. 더군다나 한국 고등학교를 보내는 부모들 또한 중산층 이상이 대부분이잖아."

"아!"

'이런 곳까지 경제 법칙이 살아 있군. 주인이 누군지는 몰라도 똑똑해.'

내가 천재과라 하지만 세상 돌아가는 모든 물리적 현상을 꾀고 있을 수는 없다.

직간접적 경험 없이 상상만으로 창조해 이해하기에는 21세기 문명은 더 깊숙이 세분화되고 조직화되어 있다.

"어머~ 장 선생님 아니세요~"

'엥?

말투는 여성이었는데 묘하게 거슬리는 음색.

고개를 돌려 목소리가 들려오는 쪽을 바라보았다.

'으헉.'

갑자기 눈알이 팽창되는 게 느껴졌다.

뒤통수까지 눈알이 당겨 들어가는 느낌이다.

그도 그럴 것이 눈을 동그랗게 뜰 수밖에 없는 상황.

방금 들렸던 목소리는 가느다란 미성의 중성적인 목소리가 분명했는데 시선이 가 닿은 곳에는.

'저, 저팔계??

나는 몇 번이고 눈을 깜빡거렸다.

그랬다.

놀랍게도 키는 나와 비슷하고 몸은 나의 두 배.

무슨 음식 창고를 배에 넣고 다니는지 불룩한 배를 앞으로 쭉 내민 아저씨가 서 있었다.

얼굴에는 매장 안내를 하던 여직원처럼 화장까지 한 채 말이다.

"안녕하세요, 베라 황 원장님."

"호호, 장 선생님은 어떻게 볼 때마다 이~ 뻐져~ 요즘 연애라도 하는 거야? 호호호."

'우웩!'

점심으로 먹었던 오므라이스가 역류해 올라오려 했다.

푸른 돼지도 아니고 나타난 거구의 사내는 온통 푸른색 일색이었다.

파마한 머리카락도 파란색, 입고 있는 중세풍의 가벼운 외투도 파란색.

펑퍼짐한 바지도 파란색, 여자도 아니건만 무릎 아래까지 올라오는 가죽 부츠도 파란색.

'베라 황이 아니라 베라 청 아냐?'

베라 황이라 불리는 남자.

'배가 왕이네~ 숨은 제대로 쉬는 거야?'

애칭으로 불리는 듯했지만 전혀 이름과는 어울리지 않는 외모였다.

차라리 배가 황이라고 불리는 게 어울릴 정도다.

오늘 같은 날은 베라 청으로 바꿔 부르면 더 인상이 강렬하게 남을 것도 같았다.

파슷.

'눈빛이… 고수다.'

살짝 마주친 눈빛이 사뭇 달랐다.

보이는 겉모습과 달리 작은 눈의 깊숙한 곳에서 반짝이는 생기 넘치는 기운.

단추 구멍만 한 검은 눈동자에서 뿜어져 나오는 기로 난 베라 황이 생활의 고수임을 느꼈다.

눈치없는 장사꾼처럼 호호거리며 내시처럼 굴었지만 그 짧은 순간에도 빠르고 나와 세라 누나를 훑었다.

예사롭지 않은 눈빛.

그 짧은 시간에 순식간에 상황 파악에 들어가는 시선.

장사치를 대하듯 가볍게 볼 사람은 아니었다.

“사랑은요~ 원장님이 좋은 사람 소개해 주신다고 했잖아
요.”

“정말? 소개시켜 줘? 장 선생님처럼 미모에 학력, 집안까지
받쳐주는 1등 신부감이면~ 노리는 사람이 많아.”

베라 황은 세라 누나를 쳐다보며 말하고 있었지만 눈빛은
나를 살피고 있었다.

“어때? 이번 주말에 시간 한 번 만들어 봐?”

‘뭐야? 이 아줌마, 아니 아저씨 뚜쟁이었어?

이미 나를 파악한 듯 시선을 거두는 베라 황.

워낙 복잡하게 얽히는 세상이다 보니 하는 일도 한두 가지
가 아닌 듯했다.

하긴 생긴 것도 그렇게 루나베스트로 매장에 있는 것보다
호텔 주선 자리가 더 어울릴 것도 같다.

아마도 베라 황도 강남의 그런 사람들 중 한 명이겠지.

그도 그럴 것이 이런 곳에 찾아오는 상류층과 교류하다 보
면 뚜쟁이도 괜찮은 부업이 될 만도 할 것이다.

“호호, 원장님 농담이에요. 전 중매결혼 싫어요. 이왕 결혼
을 할 거라면 가슴 뜨거운 사람과 하고 싶어요.”

그러면 그렇지, 내가 사람을 잘못 볼 리가 없다.

‘그래요 누나, 우리 아버지랑 엄마도 그러셨다구요~’

“에이, 그러지 마. 여자 팔자 뭐 있을 거 같아? 성격 무난하
고 돈 잘 벌고 명 짧은 서방 만나는 게 최고야, 호호호.”

'뭐, 뭐라고! 돈 잘 벌고 명 짧은 남자!'

이건 또 무슨 망발이란 말인가.

맑고 순수한 세아 누님의 영혼을 탁하게 물들이려고 하고 있었다.

같은 남자이면서 말도 안 되는 쓰레기 말을 함부로 내뱉는 베라 황.

'에라이~ 인생 황이다!'

저런 사고를 가지고 있으니 이런 매장에서 옷 입는 스타일이 저렇듯 저급이지 하는 생각이 들었다.

이건 패션을 앞서가는 강남 스타일이 아니라 완전 패션 테러리스트였다.

아직은 처지가 세상에 모습을 드러낼 수 없는 새끼 사자 입장이라 입을 다물고 있지만 내심 할 말이 많았다.

이건 뭐 아저씨도 아니고 아줌마도 아닌 요상한 아점마의 상판에 남자의 주먹을 한 방 날리고 싶은 마음이 굴뚝같았다.

"그런데 장 선생님, 이분~은……."

뱁새처럼 생긴 눈을 힐끔거리며 세아 누나에게 내가 누구냐고 물었다.

"아~ 원장님, 이 학생은 한국 고등학교 신입생이랍니다."

눈웃음이 매력적이던 매장 여직원 한 명이 끼어들었다.

그러더니 내 옆으로 바짝 다가와 나에 대한 정보를 간략하게 전하고 다시 나를 한 번 훑고는 제자리로 돌아갔다.

"체육 특기생인가? 바디가 예술이네~"

'환장하겠네! 지금 어, 어디를 보는 거야!'

푸른색 저팔계가 매장에 모습을 보인 이후 매장에 있던 대부분의 사람들 시선이 나에게 몰리고 있었다.

가뜩이나 끈적한 눈으로 나의 온몸을 빠르게 훑는 베라 황.

"특별 입학생이에요."

이번엔 세아 누나가 대꾸했다.

"특별?"

"네, 면접없이 특별 선발로 입학한 학교의 기대주라고나 할까요?"

괜히 세아 누나가 나를 추켜세워 주는 듯한 기분이 들어 베라 황에게 느꼈던 몹쓸 기분이 잠깐 가라앉았다.

"오~ 베리 굿! 몸도 훌륭한 데다 머리까지 좋다구? 호호호. 만나서 반가워요. 베라 황이에요."

정말 어떻게 호호호거리는 저 웃음을 봉해 버리고 싶은 심정이 절실했다.

"강민입니다."

하지만 나의 보호자로 함께 나서준 세아 누님의 체면을 생각해 최대한 예의 바른 학생의 모습을 유지했다.

요사한 웃음을 흘리는 전생에 상급 내시 정도는 지냈을 법한 베라 황에게 짧게 고개를 숙였다.

하는 행동과 말투와는 상반되게 예리하게 빛나는 눈빛은 무시해도 될 사람이 아니었다.

그런 사람을 겉모습만 보고 무시했다가는 큰 낭패를 보게 되어 있으니 늘 사람을 잘 살펴 대응하라고 스승님이 일렀었다.

스승 양 도사께서 일러주신 인연론에 비춰 보면 아무리 옷깃이 스치지 않았다 하더라도 가볍게 여겨도 되는 인연은 세상에 없다고 했다.

이것이 바로 스승 양 도사께서 말씀하신 인연론.

물론 한 번 만난 인연은 언젠가는 다시 만날 수밖에 없다고 했다.

그것이 바로 인연이기에 웬만하면 얼굴 붉히지 말 것이며, 다시는 만나고 싶지 않은 싸가지없는 놈들은 처음부터 상종도 하지 말라 했다.

그런 의미에서 베라 황은 다시 만날 것 같은 예감이 강하게 들었다.

"강민~ 호호, 이름도 얼굴처럼 박력있고 좋아. 자, 이리와요~ 민이 학생 옷은 특별히 내가 만들어 줄게요."

반말과 경어를 적절히 섞어 사용하며 덩치에 전혀 어울리지 않는 제스처를 보이는 베라 황.

'친화력이 뛰어나군.'

처음에는 외모 때문에 편견으로 다가왔지만 진심이 담겨 있는 것 같은 웃음과 환대에 점점 호감도가 상승했다.

대단한 친화력을 소유한 자가 분명했다.

"원장님이 직접요?"

놀라는 세아 누나와 루나베스트로 직원.

“호호, 아주 오랜만에 보는 굿 바디예요. 모델들처럼 키도 적당하고 몸도 아주 훌륭해요. 이런 명품의 바디에 입힐 옷을 제작하는 것도 디자이너들의 즐거움 중의 하나예요.”

중간중간 섞어 말하는 짧은 영어가 쪽팔리지 않게 들려왔다.

이상한 매력이 존재하는 화법을 사용하는 베라 황의 친절.

“민이 좋겠다~ 베라 황 원장님이 직접 만든 교복도 입어보고. 원장님이 작업하시면 최소 큰 거 몇 장인데.”

‘큰 거 몇 장? 설마 몇 천?’

백 단위는 아닌 게 확실한 큰 거 몇 장이라는 말.

‘그래, 여기가 강남이라 이거지.’

지방하고는 돈의 개념이 달랐다.

몇 천이면 내가 몇 년 동안 뼈 빠지게 축적한 재물이었다.

그런데 베라 황이라는 전생 내시 아점마쯤 돼 보이는 사람은 옷 한 벌에 뚝딱 벌어들이는 액수.

‘세상은 프로만이 살아남는 거야.’

다시 한 번 배우게 되는 세상 법칙.

부가 인생 행복 기준의 척도 전부는 아니겠지만 없는 것보다 몇 천 배 낫다.

이왕 같은 시대를 살아가는 인생이라면 값어치 있는 삶을 사는 게 맞다.

언제 다시 이 완벽한 마디를 얻게 될지 모르니 말이다.

“벗어 봐요.”

'헐! 언제 봤다고 벗으라는 거야? 이 아점마 미친 거 아냐?

"미스 리~ 손님 패딩 좀 받아줘요."

"네, 원장님."

다행스럽게 패딩만 벗으라(?) 요구하는 베라 황.

'이럴 줄 알고 강철 갑옷은 벗어두고 왔지.'

설악산에 있을 때는 하루 종일 착용해야 했던 100근, 무려 60킬로그램이나 나가는 강철 갑옷.

서울에 온 뒤로는 아침 운동 시간 때만 착용했다.

괜히 일반들에게 보여 봤자 괴물 소리만 들을 게 뻔하다.

"어머~ 가슴 떨려~ 호호호."

'미치겠네……. 이 아점마, 혹시 남자 좋아하는 거 아냐?

남자가 무섭기는 태어나 처음이다.

설악산 그 외진 너와집 생활에서도 그런 기분은 아니었다.

하지만 말투와 달리 헤라 황의 눈동자는 침착했다.

'속을 알 수 없는 고수……. 역시 세상은 넓다니까.'

사부가 조심하라는 능력자는 아닐지 몰라도 몸소 체험한 무엇을 터득한 사람이었다.

살아오면서 스스로 무언가를 깨달아 일가를 이룬 자의 냉철함이랄까.

처음 봤을 때 편견의 눈으로 봤던 내가 내심 부끄러워진다.

존경받을 만했다.

찌이익.

패딩 점퍼를 받아갔다.

스윽.

가볍게 털어내듯 몸을 보호하고 있던 한꺼풀의 옷이 벗겨졌다.

"오우! 원더풀!"

"어머!"

"아……."

거의 동시에 터지는 탄성들.

'왜들 이러서……. 남자 몸 처음 본 순진 처녀들처럼.'

옷을 입은 상태에선 잘 드러나지 않는 내 몸의 근육들.

무식하게 젖소처럼 튀어 나온 근육이 아니었다.

산을 타고 바위를 기어오르며 장생신선술을 펼쳐 온몸의 잔근육까지 하나하나 다듬어 완성한 완벽한 바디라인.

식스팩은 기본이요 가슴 근육은 그렇게 크지도 작지도 않게 적당한.

딱 보기 좋은 모습으로 단단하게 드러나 있었다.

지금은 단지 가장 저렴하다는 이유로 구입한 하얀색 반팔 티셔츠가 내 근육을 살짝 돋보이게 하는 정도였다.

"굿! 굿이야! 이 탄탄하면서도 초원을 달리는 한 마리 야생마의 근육감……. 베리 베리 굿이야! 호호호 호호호호."

먹이를 발견한 초원의 사자처럼 눈동자를 빛내는 베라 황.

'뭐야 세아 누님은 왜 저래? 뭐 훔쳐 먹다 들킨 사람처럼 정신을 못 차리네.'

내가 자신을 바라보자 화들짝 놀라며 얼굴을 돌리는 세아 누님.

목덜미까지 분홍빛으로 물들어 있었다.

"민 학생, 혹시 모델할 생각 없어?"

"네?"

"이번에 내 작품으로 구룡 호텔에서 패션쇼가 열리는데 한 번 워킹할 수 있어? 내 대우는 섭섭지 않게 해줄게."

'대우?'

귀가 번쩍 뜨이는 대목.

섭섭지 않게 해준다는 말에 입맛이 동했다.

한 푼이라도 벌어야 미래를 위한 투자가 가능한 상황.

베라 황의 제안은 뜻밖이었다.

"그건 안 됩니다. 민이는 교칙에 준해 학교 측 허락 없이는 사회 활동을 할 수 없습니다."

'엥? 이건 뭔 소리?'

나는 생각지도 못한 변수에 세라 누님을 돌아보았다.

"더욱이 민이는 학교 이사장님을 비롯해 선생님들 주목을 받고 있는 특별 입학생입니다. 한 번 더 생각해 주시고 말씀해 주세요. 원장님."

갑자기 들려오는 조용하면서 차가운 세아 누님의 음성에 내심 당황했다.

"어머! 어머! 내가 잠시 깜빡했네. 호호호."

화들짝 놀란 듯 손뼉을 치는 베라 황.

오버스러운 행동으로 감추려 했지만 무언가 아쉬움이 진하게 남는 모습이었다.

"편하게 숨을 쉬어 봐요."

"네."

아무 일 없었다는 듯 줄자를 가져와 나를 뒤에서 껴안았다.

'으으으, 남자의 숨결은……. 언제 들어도 닭살이다.'

뒤에서 느껴지는 베라 황의 숨 냄새.

향수를 뿌렸기에 체취는 그럭저럭 맡을 만했지만 남성 특유의 거친 숨 냄새는 역시 거부하고 싶다.

지난 3년간 내내 맡고 살았던 스승님의 그 처절한 향취.

치카치카를 알지 못하는 양 도사는 매일처럼 소금으로만 이를 닦았고 목욕하는 모습은 단 한 번도 본 적이 없었다.

어떻게 비가 오는 날씨는 기가 막히게 아는지 비가 오는 날에는 절대 집 밖으로 나가지 않았다.

"역시! 대단해. 근육이 알알이 살아 있는 것 같아~ 어쩜 좋아. 호호호."

숨이 턱턱 막히는 내 심정도 모르고 줄자를 들고 나를 희롱하듯 이곳저곳을 재던 베라 황은 즐거워 어쩔 줄 몰라 했다.

"7년째 여기서 일하고 있지만 이 학생 같은 몸은 처음 봐요. 원장님, 사진이라도 한 장 찍어둘까요?"

"그럴까?"

베라 황을 도와 나의 팔과 앞가슴에 손을 대고 있던 여직원이 갑자기 당장 사진을 찍을 태세로 진진하게 말했다.

"사진은 사양하겠습니다."

‘이 사람들이 누굴 팔려고 그래?’

정중히 거절했다.

언젠가 세상 방방곡곡 내 얼굴로 도배할 날이 올 것이리라.

그 날을 위해 초상권을 함부로 내돌릴 수는 없었다.

“민이 학생~ 여기 사진을 찍어 놓으면 각 기획사나 방송국 PD들이 연락할 거야. 단숨에 스타가 될 수도 있어요.”

적응 안 되는 베라 황의 대화 스타일.

“그래서 싫습니다.”

“그게 무슨…….”

씨익.

대답 대신 알 수 없는 미소를 한 방 날렸다.

“원장님, 민이는 공부하는 학생입니다.”

그때 다시 한 번 나서는 세아 누님.

“그래도 너무 아깝다. 이 정도 마스크에 몸매라면 단박에 뜰 수 있는데…….”

아쉬움의 끈적끈적한 눈길로 한 번 더 나를 훑어보는 베라 황의 느끼한 시선.

먹이를 알아본 맹수의 눈동자가 따로 없었다.

‘정말 섬세하고 아름다운 근육이야. 그 어떤 운동선수도 이처럼 완벽한 몸을 갖고 있지 않아.’

명품 매장을 제외하고 개인 디자이너 숍에서 대한민국 다섯 번째 안에 드는 베라 황.

처음 보는 조각 같은 몸매에 반하고 말았다.

프랑스와 이탈리아, 미국 디자인 스쿨에서 다년간 작업하며 일류 모델들의 옷도 만들어 보았던 베라 황이다.

그런 그에게 있어 외국 남자 모델들도 울고 갈 강민이라는 학생의 몸은 경탄 그 자체다.

'근육이 하나하나 모두 다듬어져 있다. 약 처먹고 뽕빨로 단시간에 완성한 근육이 아니라 진짜 살아 생명력 넘치는 근육이야.'

무수히 많은 연예인들도 상대했던 베라 황.

그들도 베라 황을 찾아왔다.

그들의 근육이 어떻다는 걸 베라 황은 잘 알고 있었다.

단시간에 보기 좋게 만들었을지 몰라도 근육의 섬세함까지 살리지는 못했다.

헬스장에서 제조된 근육이 양돈장에서 키워낸 기름기 풍만한 사육 돼지라면 강민은 야산의 거친 숲을 헤치며 살아남은 야생 멧돼지의 강인함과 섬세한 아름다움이 섞인 근육이다.

성형 미인과 천연 미인의 차이랄까.

'모델뿐만 아니라 배우로도 대성할 수 있겠어. 노래 실력만 받쳐준다면 아이돌 스타로 키울 수 있을 정도야.'

꽃미남이 요즘은 대세지만 남자다운 강민의 외모라면 충분히 먹힐 만했다.

거기에 한국 고등학교 학생이라면 서울대만큼이나 학력을 인정해 주었다.

잘생긴 데다 스펙까지 좋으면 그만큼 대우받는 사회.

베라 황은 강민을 최고의 상품으로 봤다.

"스포츠 좋아하는 거 있나요? 호호."

속마음과 달리 뱉어지는 특유의 만들어진 화법과 웃음을 흘리는 베라 황.

이 자리에 오르기 위해 남성적은 특성을 거의 버리고 여성처럼 모든 걸 바꾼 남자.

디자이너라는 직업도 개인 숍을 내려면 거친 외모와 몸뚱이로는 성공할 수 없었다.

까다로운 여인들을 상대해야 했기 때문에 자신만의 거부할 수 없는 특화를 찾아내야 했다.

그리고 베라 황은 과감하게 남자로서의 모든 걸 버렸다.

물론 겉으로 보이는 것만 말이다.

성공하기 위해 남자의 자존심을 버렸을 뿐이다.

남자의 자존심은 남자의 모든 것이 아니겠는가.

"없습니다."

"어머~ 이 몸으로 운동선수가 아니라니 아쉽네요. 뭘 해도 완벽한 체격인데."

매장에 찾아온 운동선수도 여럿, 그 수가 제법 되지만 불필요하게 발달된 근육이 대부분이었다.

하지만 눈앞의 소년은 아니다.

부드러우면서도 탄력 넘치는 근육.

생존을 위해 초원을 질주하는 야생마와 다르지 않았다.

‘놓칠 수 없어. 몇 년 안에 대단한 물건이 되고도 남겠어.’

한 번도 틀린 적 없는 베라 황의 직감.

아직 나이 어린 소년이었지만 세상 몇 십 년 이상 살아온 이들처럼 내면 깊숙한 곳에 별빛처럼 반짝이는 뭔가가 분명 느껴지고 있었다.

“여기 명함이에요. 민이 학생 필요할 때 전화해요~ 그 어떤 용무를 막론하고 이 베라 황이 전폭적으로 지원해 줄 테니. 호호호.”

명함 수첩에서 VIP들에게만 지급하는 금박 명함을 꺼내 드는 베라 황.

제대로 된 물건을 알아보고 선투자하는 개념으로 생각했다.

나이가 어리긴 하지만 무시할 만한 인물은 분명 아니다.

21세기는 젊은 아이템 하나로도 몇 십조를 움직일 수 있는 힘을 얻는 시대라는 것을 베라 황은 누구보다 잘 알고 있었다.

무언가를 재창조할 수 있는 자만이 누릴 수 있는 세상의 부와 행복.

눈앞의 소년 강민도 그런 원 소스 멀티 유저 중 하나였다.

자신의 감각으로 100퍼센트 확신감이 들었다.

‘베라 황이 저렇게 적극적이라면…….’

베라 황의 능력을 어느 정도 알고 있던 장세아는 내심 속으로 놀라움을 감추지 못하고 있었다.

대한민국 5대 디자이너 중 한 명이고 정관계나 연예계, 문화

계까지 상당한 영향력을 행사하는 인물이다.

자신이야 강남에서 그럭저럭 사는 부모님과 리듬체조 국가대표 출신이라는 명분으로 베라 황과 안면을 트고 지내고 있지만 장세아 입장에서 함부로 만날 수 있는 인물은 아니었다.

베라 황이 알게 모르게 데뷔시킨 연예인이 꽤 되었고 스포츠 스타나 미스 코리아를 암암리에 후원하고 있기도 했다.

뿐만 아니라 일류 뚜쟁이 역할도 겸하고 있기 때문에 대한민국 상류층에 합류하기 위해서는 베라 황 같은 인물들이 반드시 나서야 했다.

그런 베라 황이 장세라에게도 건네지 않은 금박 명함을 민이에게 건넸다.

이 정도 관심이라면 다른 아이들 같으면 베라 황의 환심을 거금을 주고서라도 받으려 안간힘을 썼을 것이다.

하지만 강민은 전혀 그렇지 않았다.

이런 기회쯤은 널렸다고 취급하는 듯 대수롭지 않게 거절했다.

'그런데……. 왜 이렇게 얼굴이 붉어지는 거야.'

벌거벗은 몸을 본 것도 아니고 강민이 패딩을 벗었을 뿐인데 하얀 면티 한 장 걸친 그 몸을 보고 갑자기 가슴이 뜨거워졌다.

'미쳤나봐…….'

패딩을 벗어 건네고 난 뒤 베라 황과 교복의 치수를 재고 있는 강민을 힐끔 바라보는 장세아.

베라 황이 감탄할 만큼 진짜 멋있는 몸매다.

세상에 가장 아름다운 것이 인간의 육체이고 거기서도 바로 근육질의 남자라는 사실을 알고 있는 장세아는 지금 최고의 몸을 자랑하는 남자를 눈앞에 두고 있었다.

아직도 추위가 꺾이지 않은 때인데 달랑 새하얀 면티 한 장에 패딩 점퍼 하나 걸치고 있는 강민의 탄탄한 근육질 몸.

남자의 근육 몸매에 대해 어느 정도 아는 장세아는 머리에 떠오르는 무수한 모습들을 상상했다.

갑자기 머릿속을 가득 메운 이상한 상상에 얼굴이 화끈 달라 올랐다.

이제 겨우 열일곱 살의 소년,

그것도 자신이 근무하는 학교에 다니게 될 학생에게서 느끼는 묘한 감정.

제정신이 아니고서야 미쳤다고 밖에 할 말이 없었다.

"다 끝났습니까?"

"호호, 아쉽지만 다 끝났어요~ 3일 후 아무 때나 찾으러 와요."

뭐가 그렇게 기분 좋은지 활짝 웃는 베라 황.

"잘 부탁드리겠습니다."

장세아는 베라 황의 위치를 잠깐 망각하고 싸늘하게 말했던 자신을 떠올리며 정중하게 고개 숙여 인사했다.

"걱정하지 마요. 나와 민이 학생이 이렇게 스치고 끝날 인연은 아닌 것 같으니……. 호호호."

인연을 강조하며 호탕한 웃음을 터뜨리는 베라 황의 모습.

'민이가 그렇게 탐나나?

아무리 수재라 하더라도 고교 시절 동안 공부만으로 이름을 날릴 수 있는 방법은 드물었다.

기껏 세계 수학이나 과학 올림피아드에게 나가 우승을 하는 것이 그나마 주목받을 수 있는 키라고 할까.

그나마 대학교에 진학해서는 사법고시나 각종 고시를 패스해 자신의 미래를 설계할 수 있는 기회가 다양해지기는 했다.

그러나 그것도 지금은 아니다.

외모가 남자답다는 것과 잘생긴 외모.

그리고 운동으로 단련된 훌륭한 바디를 소유했다는 이유만으로 성공을 장담하기엔 무리가 있었다.

게다가 베라 황은 모르고 있는 또 하나의 이유.

강민은 고아.

확실한 후원자가 없는 상태에서 열일곱 살 소년이 세상에 나가 성공을 거둘 수 있다는 확신은 거의 희박하다.

장세아 역시 암암리에 전폭적인 지원을 받아가며 한국 체조 국가대표 선수가 될 수 있었다.

"다음에 뵙겠습니다."

"그래~ 언제든 찾아와요. 핸드폰으로 전화하면 바로 받으니까 꼭 연락해요."

예의 바르게 허리를 숙이며 인사를 하는 강민.

어느새 벗어놓았던 패딩 점퍼를 걸치고 있었다.

‘휴우.’

왠지 모를 아쉬움에 한숨을 내쉬는 장세아.

그녀도 모르는 마음의 한탄이 절로 한숨으로 새어 나왔다.

“선생님 가요.”

“응.”

공식적인 자리에서는 꼬박꼬박 선생님이라 부르는 강민.

“다음에 뵙겠습니다.”

“그래요. 장 선생님, 언제든 시집가고 싶으면 연락해요. 대한민국 일등 신랑감들 널리고 널렸으니. 호호.”

오늘따라 유독 기분이 좋은 베라 황의 웃음소리가 매장 안을 울렸다.

“워, 원장님!”

그렇게 베라 황과 인사를 나누고 막 매장 출입문을 나설 때였다.

밖으로 나가는 사이 입구에서 보았던 여직원이 황급히 달려와 베라 황을 불렀다.

“무슨 일이지?”

“왔어요! 그녀가 왔어요!”

“오오! 정말이야? 호호호. 오늘 귀한 분들이 연이어 찾아오시네.”

‘귀한 분? 그녀?’

여직원의 호들갑에 호기심이 동한 장세아.

저벅저벅.

앞장서서 걷는 강민의 뒤를 따라 화려한 매장 문 쪽으로 향했다.

"어서 오십시오."

어느새 매장 안에 있던 여직원 대부분이 나와 양쪽으로 갈리더니 줄줄이 줄을 섰다.

'누구야? 대스타라도 왔어?'

눈에 확 띄는 환대에 장세아는 고개를 들어 이제 막 안으로 들어서는 이들을 쳐다보았다.

스타라도 되는 듯 보디가드로 보이는 검은 양복 입은 남자들을 앞세우고 한 여인이 들어섰다.

"아!"

여인을 보는 순간 장세아의 입에서 터지는 탄성 비슷한 신음 소리.

"손단비……."

놀랍게도 베라 황의 매장 안으로 들어서는 여인은 한국 고등학교 신입생 손단비였다.

그것도 신입생 수석 입학한 학생이면서 내년이면 프로 골퍼 입문을 하는 천재 소녀 손단비였던 것이다.

제2장
라마르아 호텔에서
마스터K

'오우! 신이시여!'

한 여인이 무늬만 그럴싸한 경호원들의 보호를 받으며 루나 베스트로 매장 안으로 들어서고 있었다.

아직은 한겨울.

타이트하게 힙라인을 겨우 가리는 브라운 계열의 짧은 가죽 반바지.

그리고 탄탄한 허벅지가 그대로 노출된 채 같은 색 계열의 가죽 부츠를 착용한 여인.

걸을 때마다 탄력있는 힙의 볼륨감이 더 눈에 띄는 걸음걸이였다.

아직은 공기가 차가운 겨울임에도 추위 따위는 아랑곳하지 않는 듯한 여인은 척 봐도 세아 누나와 비슷했다.

그럼에도 그 늘씬한 키가 전혀 부담되어 보이지 않았다.

또각또각.

고탄력 스타킹 때문인지 노출된 허벅지가 더 탄력있게 보였다.

배꼽이 살짝 보일 듯 말 듯한 몸에 착 달라붙는 검은색 티.

그 위에 짧은 은회색 반코트를 걸쳐 하의 실종 패션의 종결자 혹은 반항아의 지존 같은 이미지를 연출한 옷차림.

고급스러워 보이는 큼지막한 선글라스를 착용했고 살짝 웨이브를 넣은 윤기있는 머리카락을 은회색 코트 위에서 양어깨를 덮고 허리까지 풍성하게 늘어뜨렸다.

큼지막한 선글라스로도 가리지 못한 짙은 눈썹.

선글라스를 받친 오똑한 콧날 그리고 시럽으로 코팅한 빨갛게 익은 앵두를 연상시키는 붉은 입술.

'미치겠네. 눈이 하늘을 찌르겠군.'

세라와 세아 누님만으로도 충분히 여인의 아름다움이 어떤 건지 충분히 학습했다.

하지만 나는 오늘 또 하나의 한계를 깨뜨렸다.

세아 누님과 세라, 이 두 사람과 비교할 수 없는 독특하고 말로 표현할 수 없는 묘한 분위기를 풍겨내는 여인.

아니 소녀.

슈퍼 모델 저리가라 할 만큼 늘씬하고 돋보이는 키에 스텝마저 우아하게 어울리는 최고의 여인.

곧게 편 허리와 반듯하고 늘씬한 긴 하체.

명품 선녀의 지상 강림.

"아!"

바로 옆에서 들려오는 세아 누님의 탄성.

"손단비……."

그리고 귀에 정확하게 꽂히는 이름 손단비.

'손단비?

어디서 많이 듣던 이름이다.

"아!!"

그리고 이내 나의 입에서도 터져 나오는 놀라움의 탄성 한 마디.

'어디서 많이 봤다 싶더니…….'

인터넷에 올라와 있던 골프 여신 손단비.

한국 고등학교 수석 입학.

게다가 수학 올림피아드에서 금메달을 따고 미 여자 프로골프 대회 초청 선수로 출전해 당당하게 1위를 했다.

그런 전력을 가진 전설상의 스펙을 소유한 초특급 미녀.

'젠장, 화장발이 아니었어.'

인터넷에 올라온 여인의 아름다운 자태를 여자의 삼대 변신 무기인 쓰리발이라 생각했다.

하지만 지금 눈앞에 나타난 손단비는 리얼 민낯 그대로.

'자체 발광이라니…….'

바르고 칠하지 않아도 보는 이들 모두 경탄할 만한 미의 완벽한 경지에 오른 손단비.

집에서 나오기 전 인터넷에서 봤던 손단비의 모습은 빙산의 일각이었다.

스윽.

루나베스트로 매장 안에 들어서자 선글라스를 벗었다.

'오오오오오오!'

연이어 터져 나오는 따따블 경탄의 행진.

선글라스 뒤에 감춰져 있던 맑고 시원한 두 눈이 드러났다.

시원시원한 게 맑은 호수 같다.

세아 누님이 도도한 도시녀의 이미지라면 손단비는 판타지 세상에 존재한다는 엘프의 여인 같았다.

'인간이 저렇게 예뻐도 되는 거야?

당장 미스코리아나 슈퍼 모델 선발 대회에 나가도 우승을 놓고 접전을 벌일 만한 미모.

운동선수라고 하기엔 손단비의 외모와 몸매는 초월적이다.

골프 선수 치고는 다른 골퍼들과 달리 허벅지가 비대하지 않았다.

탄탄해 보이면서 균형이 잡힌 예술적 바디라인.

왜 인터넷 상에서 골프 여신이라고 불리는지 짐작이 되었다.

"호호, 기다리고 있었어요. 단비 양~ 직접 봐서 영광이에요."

나를 대할 때보다 더 간드러진 내시 목소리쯤으로 깔리는 베라 황의 음색.

"환대해 주셔서 감사합니다."

'오우~ 예의도 바르네?'

보이는 모습과 달리 고개 숙여 베라 황에게 인사를 건네는 손단비.

'피부 봐……. 잡티 하나 없어.'

손단비를 보는 순간 설악산에서 지낼 때 보았던 새벽 풍경이 떠올랐다.

밤새 내린 이슬이 거미줄에 영롱하게 맺혀 빛나던 풍경.

그 작은 물방울들이 아침햇살이 떠오를 즈음 또로롱 은방울처럼 하나로 모였다 톡톡 떨어지며 터지던 신선한 아침의 시간들.

손단비를 스치며 본 얼굴빛은 그때 그 아침 풍경과 같았다.

맑고 신선한 공기가 가득 밴 얼굴빛.

신들의 버프를 탄 인간과 비교할 수 없을 정도로 듬뿍 받은 듯 손단비의 피부에서 우윳빛 광채가 흘러나왔다.

늘씬한 키에 퍼펙트한 바디라인.

게다가 우윳빛 피부에 성격까지 좋고 목소리는 크리스탈 잔이 부딪히는 소리처럼 맑다.

여기에 골프 실력은 물론 학업 성적까지 좋다고 하니 어느 하나 빠지는 게 없는 완벽한 조건을 갖춘 손단비.

'아무리 타고난 천재라 하더라도 노력없이는 성공할 수 없지.'

나는 손단비 역시 나처럼 끊임없는 노력을 했을 거라고 생각했다.

많은 사람들에게 보이는 모습과 달리 엄청난 시간과 노력을 투자해 자신을 저토록 개발했을 것이라고 말이다.

그녀의 완벽할 정도의 모든 조건이 부럽지는 않다.

그저 보는 것만으로도 즐겁다.

손단비라는 성공적인 모델은 노력하는 자들에게 희망적인 메시지 그 자체기 때문이다.

"선생님 가시지요."

"응? 어……."

같은 여자가 봐도 손단비는 충분히 매력적일 만한 인물이다.

세아 누나는 이미 손단비에게 푹 빠져 있는 듯했다.

세아 누나 역시 미모가 출중한 편이지만 손단비에 비해 쬐금 떨어진다.

더욱이 나이에서 밀린다.

하지만 세아 누님도 내가 처음 보는 여인의 아름다움이 가득한 사람이다.

질적으로 비교가 되지 않는 부분은 손단비가 화면 속 여인이라면 세아 누나는 나의 현실과 섞인 사람이란 것이다.

나에게 눈요기의 행복함을 선사하는 손단비와 달리 세아 누님은 먹는 것을 비롯해 오늘처럼 소소한 것까지 신경 써주는 피부로 와 닿는 고마운 사람이다.

비교를 한다는 것 자체가 세아 누나에게 미안한 일이다.

손단비를 보며 판타지 물에 묘사된 아름다운 여인을 본 듯한 즐거움을 맛본 것도 좋았다.

하지만 지금 나에게는 세아 누나가 신청한 오늘의 데이트가 중요했다.

한 지붕 아래 살고 있는 세아 누님이 더 의미 있다는 말이다.

"응~ 그래."

손단비를 보고도 크게 관심을 보이지 않는 내 모습에 활짝 웃으며 돌아서는 세아 누님.

남자든 여자든 자신보다 좀 잘난 사람 앞에서는 살짝 위축되게 마련.

그러나 난 그런 종류의 사람들과 거리가 좀 있었다.

워낙 비교할 만한 사람과 만날 기회가 없기도 했지만 설악산 너와집 생활과 북경루 주방 생활 덕에 세상을 보는 기준이 좀 달랐다.

내 것과 타인의 것.

인연과 인연의 가깝고 먼 것의 거리가 어떤 의미인지 알고 있다.

그렇기 때문에 모든 걸 나를 중심으로 하여 생각하고 판단했다.

그런 기준에서 손단비는 세아 누님과 비교할 수 없는 단지 스치는 인연일 뿐이다.

“민이 학생~ 꼭 혼자 찾으러 와요.”

아직 미련을 버리지 못한 듯 손단비에게 인사를 나누면서도 나가는 내 뒤통수에 대고 혼자 찾으러 오라고 외치는 베라 황.

사라라락.

‘흐음…….’

보디가드들 때문에 바짝 가까운 거리에서 볼 수는 없었지만 매장 입구라 손단비 일행과 섞이듯 지나쳤다.

손단비 일행이 지나갈 때 코를 파고드는 익숙한 향기.

‘아이리스…….’

설악산 초입에 군락을 이루고 피어 있던 꽃에서 풍기던 달콤하면서도 시원한 향기가 공기를 타고 맡아졌다.

평화를 상징하는 백합과 달리 낭만과 풍류의 상징이라는 아이리스.

삶의 여유를 즐길 줄 아는 프랑스의 국화이기도 했다.

스윽.

꽃향기에 이끌린 나비처럼 나도 모르게 스쳐 지나가는 손단비를 쫓아 고개를 돌렸다.

파밧.

그리고 그 순간 놀랍게도 나를 향해 고개를 돌리고 있던 손단비의 눈동자와 마주쳤다.

‘깊다…….’

순백의 설원 같은 하얀 눈동자에 흑진주처럼 박힌 커다란 검은 눈망울.

짧게 마주쳤지만 인상 깊은 눈빛이었다.

검은 눈동자가 내 영혼을 쏘옥 빨아들일 만큼 깊고 순결하다 느낌이 강하게 들었다.

딸각.

"안녕히 가십시오."

문 앞에서 배웅하는 직원들의 인사를 받으며 세아 누님과 루나베스트로 매장을 빠져나왔다.

오늘은 알게 모르게 스치는 인연이었지만 제법 인상 깊은 사람을 두 사람이나 만났다.

겉과 속을 읽어내기 어려웠던 베라 황.

정체가 모호했지만 뭔가 알 수 없는 매력이 느껴졌다.

그리고 방금 보았던 손단비.

언론에서 극찬을 아끼지 않는 이유가 있는 듯하다.

짧게 스쳤지만 인상 깊었던 손단비의 눈빛, 강렬했다.

"호호호, 정말 단비 양은 실물이 더 뷰리플한 것 같아요. 퍼펙 뷰리플~"

혀를 꼬아가며 손단비의 실물을 보고 감탄하는 베라 황.

방금 전에 완벽한 남자의 육체를 보았다면 이번에는 여인으로서 더 이상 완벽할 수 없는 여신을 마주하고 있었다.

이제 불과 열일곱 나이의 소녀이지만 감히 범접할 수 없는 고귀한 분위기가 물씬 풍겼다.

특급 연예인이나 한국에서 인정받은 대기업의 자녀들보다

더 위엄스러운 빛이 흘러나오는 손단비.

'특급이다! 세계적으로 통하는 특급!'

실물로는 두 번째 보는 베라 황은 손단비의 몸에서 흘러나오는 고귀함의 정체를 알았다.

그건 바로 사람들을 한눈에 매료시키는 타고난 끼였다.

'신의 실수로 탄생한 창조물이야. 순수함과 섹시함, 지적이면서 관능적이다.'

스포츠 스타 재능에 미스월드에서도 통할 미모.

게다가 세계 수학 올림피아드에서 금메달을 거머쥘 정도의 엄청난 두뇌를 가진 소녀.

이제 막 가공되기 시작한 다이아몬드 원석이다.

가치가 얼마의 값으로 결정될지 짐작하기 어려울 만큼 최상품의 원석.

'스폰서라도 하나 따면 대박이다. 무조건 잡아야 해.'

사실 한국 고등학교 교복 사업은 그렇게 큰 수익이 나지 않는다.

다른 타 학교의 교복들에 비해 단가가 비싸긴 하지만 최고급 인력을 투자한 탓에 남는 게 별로 없다.

수익은 의외의 곳에서 일어났다.

학생들과 동행한 학부모들.

그들과 인맥을 트면서 생각지도 못한 엄청난 수익을 얻고 있다.

지금은 손재주만 타고나서는 과거처럼 성공할 수 없다.

과거와 달리 요즘 세상엔 개천에서 용이 나지 않는다.

아니, 날 수가 없다.

어릴 적부터 체계적으로 자본이 투자된 교육을 받고 있는 용들의 세상.

개천에서야 잘하면 뱀장어 급까지는 날지도 모르겠다.

하지만 용은 이제 나올 수가 없다.

이게 베라 황이 루나베스트로 매장에서 한국 고등학교 교복을 사수한 이유 중 하나였다.

한국 고등학교 교복을 취급하기 위해 엄청난 경쟁이 벌어졌다.

베라 황도 무려 5억 원에 가까운 기부금을 학교 측에 내고 이 교복 사업을 획득했다.

세상은 보이는 법칙에 의해서보다 보이지 않는 법칙에 의해 더 큰 판이 굴러갔다.

"방금 그 사람……. 우리 학교 학생인가요?"

큰 눈망울을 껌벅이며 강민에게 호감을 드러내는 손단비.

"호호, 맞아요. 같은 학교 신입생이에요. 그 옆에 있던 여자분은 한국 고등학교 체육 교사 겸 체조 담당 선생님이랍니다."

"……."

손단비는 베라 황의 대답에 언뜻 나타냈던 짧은 호기심을 거두었다.

"오늘 연습 스케줄이 빡빡합니다. 빨리 부탁합니다."

스케줄을 체크하는 에이전시 직원이 인상을 찌푸렸다.

“네~ 알겠습니다. 단비 양 이리오세요. 이번 교복은 제가
직접 가봉해 드리겠습니다.”

강민과 똑같이 손단비의 교복도 직접 가봉하기로 베라 황은
마음먹었다.

다른 학생들과 차별을 두는 행동이었지만 이건 투자의 개념
이었다.

작은 호의지만 대부분의 사람들은 이 호의에 마음이 움직인
다는 것을 베라 황은 너무나 잘 알고 있었다.

또각또각.

손단비는 베라 황의 뒤를 따라 매장 안을 또각거리며 걸었
다.

걷는 모습이 우아하고 멋스러운 게 모델 같아 보였다.

나이에 맞지 않게 기품있어 보이는 모습에 군데군데 서 있
던 이들이 숨을 죽였다.

누가 보아도 일반 사람들과는 몰고 다니는 포스가 남달랐
다.

신이 특별히 골라 축복을 내린 존재처럼 빛이 났다.

손단비의 앞에서는 베라 황이 인도하고 뒤에서는 여직원 몇
명이 따랐다.

거의 경배를 받으며 걸음을 옮기는 수준이다.

하계에 내려온 천상계의 선녀를 대하는 사람들의 모습처럼.

“뭐 먹을까?”

"먹고 싶은 거 다 먹어도 됩니까?"

"뭐? 호호호. 그래~ 먹고 싶은 거 있으면 말해. 이 누님이 한턱 쏜다."

학교 선생님이라곤 하지만 일반 과목도 아니고 체육 특기생들을 주로 가르치고 있는 장세아.

굳이 학교 선생질을 하지 않아도 먹고살 만했지만 장세아는 그렇게 하지 않았다.

학교에서 받는 급여 외에 부모님이 주신 신용카드로 사용하는 금액이 더 많았다.

된장녀 계보에 이름을 올릴 만도 하지만 장세아는 신경 쓰지 않는다.

돈 있는 자들이 돈을 쓰지 않으면 사회가 굴러가지 않는다.

더구나 장세아는 그 누구보도 노력하면서 살고 있었다.

재력있는 부모님을 뒀지만 다른 골빈 애들처럼 명품에 환장하거나 외모를 치장하는 데 시간과 돈을 쓰는 건 아니었다.

태어날 때부터 재력을 갖춘 부모를 만난 운명.

그 운명이 정해져 있다면 그것을 즐기며 살아야지, 세상의 낮은 곳을 살필 수 있는 마음은 없었다.

옛날부터 가난은 나라님도 구제하지 못하는 것이라고 했다.

그나마 현명한 건 소비를 통해 발행하는 세금으로 복지 혜택을 늘리는 게 났다.

부모님께서 지금껏 자신들을 키워오면서 탈세 같은 것을 단 한 번도 한 적이 없었기에 장세아는 부모님의 영향으로 그 누구보다 당당했다.

그리고 민주주의가 주는 혜택을 누림과 동시에 권리 의무 등의 책임을 다하며 살았다.

"라마르아 호텔 뷔페를 맛보고 싶습니다."

"응? 호, 호텔 뷔페?"

"이탈리아 요리 특선전이 준비되었다 인터넷에서 봤습니다."

"요리 특선전? 민이 너 요리에 대해 잘 알아?"

씨익.

대답 대신 묘한 미소를 짓는 강민.

"그래! 가자. 오랜만에 배에 기름칠 좀 하자. 개학 준비로 다이어트 좀 했더니 몸이 허해졌는데 잘됐네~"

쿨하게 답하는 장세아.

제법 사는 집 장녀 장세아.

그래도 둘이서 한 끼에 20만 원 정도를 지불해야 하는 호텔 뷔페는 평범한 식사는 아니었다.

'저 나이에 요리 특선전, 그것도 이탈리아 요리……? 고아라던데…….'

장세아는 그 많고 많은 다양한 음식들 중에 호텔 뷔페, 그것도 이탈리아 요리를 선택한 강민이 쉽게 이해되지 않았다.

고아에 대한 편견이 따로 있었던 건 아니었지만 살았던 곳이 강원도 쪽이라 했던 강민.

'그래, 제대로 된 이탈리아 요리가 어떤 건지 궁금할 수도

있겠지.’

한낱 소년의 호기심으로 치부하는 장세아.

“택시!”

마침 루나베스트로 매장 앞을 지나가는 모범택시를 잡아 세웠다.

데이트라고 농담처럼 건넨 말이었지만 현실이 되어가는 시간.

장세아는 기분이 좋았다.

대부분의 남자가 손단비 정도의 미인 앞에서는 잠시 넋을 놔줘야 정상인데 민이는 그렇지 않았다.

마음이 있어서는 아니었겠지만 자신에게 눈을 두고 있었다.

그 무엇보다 소중한 여자의 자존심을 세워줄 줄 아는 멋진 녀석.

이탈리아 요리 특선전이 아니라 호텔 최고급 일식이라도 대접할 용의가 있었다.

‘호호, 그래 민이도 내 매력을 아는 거야. 아직 새파란 단비보다 원숙한 내가 낫지.’

장세아는 스스로 깊은 착각에 빠졌다.

“호텔 뷔페?”

“네~ 엄마, 민이가 소원이래서 데려왔어요.”

“어느 호텔인데?”

“라마르아 호텔이에요.”

"흐음……. 그래 알았어."

"네~"

세라와 함께 백화점에 들러 올봄에 입을 옷들을 쇼핑하고 나오는 강영자 여사.

세라의 끈질기게 보채는 성질에 큰딸 세아에게 전화를 걸었다.

그리고 민이와 함께 라마르아 호텔에 있다는 말을 들었다.

"뭐, 뭐? 엄마, 언니 호텔에 있어요??"

장세라는 강 여사와 세아의 통화 내용을 듣고 급 흥분을 했다.

"라마르아 호텔 이탈리아 요리 특선전 뷔페 코너에 있다는구나."

"호텔 뷔페요? 짠돌이 언니가요?"

장세라는 괜히 목소리가 작아졌다.

"그러게 말이다. 월급 타도 우리 가족에게는 단 한 번도 밥을 사지 않은 여우가 웬일이라니?"

"엄마, 우리도 가요."

"우리도?"

"엄마도 이탈리아 요리 좋아하잖아요."

"그거야 그렇지만……."

장세라는 강민이 있는 곳을 안 이상 언니 세아와 합류하고 싶었다.

그래서 엄마인 강 여사를 설득하기 시작했다.

"나도 먹고 싶어요. 개학하면 학원 다니느라 정신없을 거잖아요. 그러니 우리 외식해요."

"호호, 그럼 그러자. 아빠도 불러서 가지 뭐."

강 여사는 한 술 더 떠 온가족의 외식시간을 마련했다.

"네!"

장세라는 가슴속에서 일어나는 왠지 모를 질투심에 마음이 급해졌다.

"엄마, 우리 먼저 가 있어요. 갑자기 스파게티가 너무 먹고 싶어졌어요."

"그, 그래."

평소에는 몸매 관리한다고 언니 세아처럼 식단에 신경을 쓰는 장세라.

지금은 열량이 높은 스파게티가 당장 먹고 싶다고 강 여사를 졸랐다.

'이것들이 왜 이래? 평소에는 거들떠도 보지 않던 스파게티를……'

몇 시간 동안 세라의 호들갑스럽기까지 한 행동이 눈에 들어온 강 여사는 괜히 두 딸의 변화에 신경이 쓰였다.

딸들의 평소와 다른 예민한 변화를 눈치챈 강 여사.

그러나 굳이 입 밖으로 내지 않았다.

장세라는 그렇지 않아도 중3이 되면서 이만저만 스트레스를 받고 있었다.

잔뜩 예민한 세라를 건드려서 좋을 게 없다는 걸 잘 알고 있었다.

'니들도 시집가서 니들 같은 딸 낳아봐라. 흥!'

한참 사춘기인 세라와 말은 안 하지만 생각이 많은 세아에게서 보이는 변화가 기분 나쁘지만은 않았던 것이다.

마음속으로는 행복한 저주의 주문을 뱉었다.

오직 부모가 되어서만 그 의미를 알 수 있는 행복한 저주의 주문.

결코 시집가서 애를 낳아보지 않고서는 알 수 없는 뼈아프면서 아름다운 인생의 결과물.

강 여사에게는 세아와 세라가 그런 존재들이었다.

"이쪽입니다."

"감사해요."

"이탈리아 요리 특선 행사로 비노 다 타볼라 디 토스카니 와인이 무제한 제공되고 있으니 마음껏 이용하십시오."

"알겠습니다."

"즐거운 저녁 시간이 되십시오."

꾸벅.

검은 정장을 차려 입은 사십대 초반의 올백 스타일의 남성 호텔리어가 자리를 안내하고 사라졌다.

"참나…… . 말만 번드르르하면 최고급 와인이 되나?"

"응? 그게 무슨 말이야?"

장세아는 앞뒤 없이 강민이 뱉은 말이 당황스러웠다.

"이탈리아어 타볼라는 테이블이라는 뜻이에요. 즉 비노 다 타볼라 디 토스카니라는 말은 토스카니에서 만든 가장 싸구려 테이블 와인이니 마음껏 퍼마시라는 말이구요."

거침없이 말을 하는 강민의 태도에 장세아는 정신이 번쩍 들 정도였다.

"아!"

"특급 호텔이라더니 실망입니다. 적어도 이 정도 수준이라면 인디카지오네 지오그라피카 티피카 정도는 내놔야죠. DOC급이나 DOCG급은 바라지도 않았지만……. 일단 첫인상은 실망입니다. 화려한 외관과 달리 손님들을 싸구려 취급하다니."

한편으로 장세아는 강민이 보기와 달리 까칠하고 예민한 성격인가 하는 생각도 들었다.

"그… 그래?"

"이탈리아 와인은 세계적으로 가장 역사가 길죠. 로마시대부터 와인을 즐기면서 프랑스와 다른 유럽 쪽으로 전파시켰죠. 식탁에 올리는 음식의 한 종류 정도로 생각할 정도죠. 그런 까닭에 자부심도 강해요. 와인 등급을 법률로 제정해서 나눠놓았을 정도니까요. 와인 종주국이라는 자존심에서인지 화이트 와인은 많이 생산하지도 않아요."

"아……."

와인에 관한 얘기를 좌르르 쏟아내는 강민의 설명에 놀라 입을 벌리는 장세아.

한 번 본 것은 거의 완벽하게 기억에 저장하는 강민의 능력이 한껏 발휘되는 순간이었다.

소믈리에가 될 생각은 없었지만 양식 요리를 배우면서 와인에 관해서 독파했었다.

당시 미성년자라 맛을 보지 못했지만 어느 나라에서 어떤 품종이 대표적이 그 와인의 특성이 어떤지까지 정확히 알고 있었다.

더욱이 억양이 매력적이라 가볍게 익혀둔 이탈리어 덕분에 호텔 직원의 말 따먹기 식의 말도 알아들을 수 있었다.

"로미오와 줄리엣 아시죠?"

"응."

"이탈리아 내에서도 세 번째로 유명한 포도주 산지로 로미오와 줄리엣의 배경지인 베로나를 끼고 있는 베네토 와인이 누님과 어울릴 거예요. DOC급 와인 중에서도 바르돌리노에서 생산된 베네토 와인은 맑은 자주색을 띠고 향과 맛이 가벼운 데다 부드러워 상쾌한 맛이 나죠. 가르다 호수에 근접해 있어 기온이 다른 곳보다 서늘해서 일교차가 심해 포도맛이 아주 일품이거든요."

"그, 그렇구나……."

"누님이 갖고 있는 차가운 매력과 잘 어울리는 와인이라고나 할까요."

"정말? 호호."

'그렇게 좋을까?'

강민이 툭 던지는 몇 마디에 얼굴이 환하게 밝아지는 장세아.

보기와 달리 순수하기 그지없었다.

열일곱 살 나이의 아직은 어린 소년의 말에도 흔들릴 정도로 말이다.

'성년이 되면 제대로 즐겨주지. 이론이 아니라 실전으로!'

어린 나이에 와인에 관해서 강민만큼 해박한 지식을 갖고 이도 대한민국에서 드물었다.

소믈리에들보다 각국 와인의 특성에 대해서 더 잘 알고 있었다.

비록 맛에 있어서는 아직 장담할 수 없지만 대신 향기로 그에 버금가는 분별력을 갖고 있었다.

"흐음……. 냄새는 그럴싸합니다. 올리브유와 마늘, 발사믹 소스, 소금과 후추, 파마산 치즈가루와 양파, 버터까지 여러 재료 고유의 냄새가 나는군요."

"그게 코로 맡아져?"

"네."

"너 이탈리아 요리에 대해서 잘 알아?"

싱긋.

비록 이탈리아 전문 요리사는 아니었지만 양식 요리사 자격증 실기 시험 중에 이탈리란 미트소스와 토마토소스 등도 들어가 있었다.

그렇기에 이탈리아 요리에 들어가는 재료들에 대해서 웬만한 건 다 알고 있었다.

강민의 자격증 취득을 도와주었던 요리 학원 원장.

그분은 진정 요리를 즐기는 사람으로서 이탈리아 요리에 쓰이는 기본적인 여섯 가지 양념을 어느 정도 구비하셨다.

동물성 지방 요소인 버터, 관찰레, 라르도, 빤체타, 스트루또와 염분 요소인 바닷소금, 암염.

향미요소인 향초와 각종 향료, 신미요소인 향식초, 발사믹 식초, 과일식초, 와인식초, 레몬즙.

감미요소인 설탕과 꿀, 식물성 지방 요소인 올리브유와 여러 씨앗유를 모두 가르쳐 주었다.

"이름만 압니다."

"정말? 발음하기도 힘들어서 아는 사람들이 드문데……."

"머리 하나는 똑똑하잖아요."

"호호, 그건 그래. 아이큐 175는 거저 있는 게 아니지."

'호텔에서도 단연 눈에 띄는군.'

특급 호텔에 들어와서도 힐끔힐끔 장세아와 강민을 쳐다보는 사람들.

평범한 일반 사람들의 외모와는 사뭇 달랐기에 관심을 끌기 충분했다.

"이탈리아 요리도 코스가 있어요. 원하신다면 제가 안내해 드릴게요."

"땡큐! 사실 난 이탈리아 요리는 파스타, 리조또, 스파게티, 피자만 알아."

'뭐야? 그 정도로 사는 집이면 좀 더 다양해야 하는 거 아니?'

강민은 의외로 평범한 요리들만 말하는 장세아를 바라보았다.

그 정도 경제적 기반이 갖춰진 집 자녀라면 지금의 장세아보다는 좀 더 화려한 삶을 누려도 되는 게 아닌가 하는 생각을 했다.

'누군지 몰라도 데려가는 놈 정말 땡 잡은 거야.'

아무리 봐도 안팎으로 성숙한 여인이란 생각이 드는 강민.

"이탈리아 요리는 로마 역사와 함께 시작되었다고 해도 과언이 아니죠. B.C.25년에 태어난 마르코 가비오 아피치오의 최초의 요리 레시피가 담겨 있는 '요리에 관하여' 란 책 때문에 마르코는 고대 이탈리아 요리의 거장 칭호를 받았어요. 그 뒤를 이은 사람이 1400년대에 밀라노 공작과 부유한 추기경의 요리사였는데 마에스뜨로 마르띠노죠. 새로운 시대의 도래를 알리는 요리법의 창시자라 할 만해요. 조리 기술은 물론 조리 과정과 재료 이용은 물론이고 조리 시간 등을 상세하게 기록한 '요리법에 관한 책' 을 남기기도 했으니까요."

'아무리 천재라지만 처음부터 알고 있었던 건 아니겠지……? 민이는 요리에 관심이 많은가 봐.'

강민의 다정하게 설명하는 목소리를 장세아는 클래식 음악을 듣듯 경청하고 있었다.

디저트 코너로 발걸음을 옮기며 이탈리아 요리에 대해서 자상하게 설명해 주는 강민.

장세아는 그의 힘차면서도 강약이 묘하게 조화를 이루는 듣기 좋은 목소리에 취해 가고 있었다.

여태껏 만나보았던 어떤 남자도 세아에게 무엇을 이렇게 다정하게 설명해 준 적이 없다.

기껏해야 군대에 갔을 때 이야기나 주변의 잘나가는 사람들 자랑, 돈, 정치인들 얘기.

그리고 본인을 어필하기 위해 잘난 이야기로만 도배하며 가식을 떨던 속물근성의 남자들이 대부분이었다.

하지만 강민은 그 몇 안 되는 남자들과는 사뭇 달랐다.

"그 다음에 요리계의 미켈란젤로로 추앙받는 바르똘로메오 스깝비예요. 그는 교황과 추기경들의 전속 요리사로서 여섯 권짜리 '오페라 디 바르또로메오 스깝비' 라는 책을 저술하기도 했어요. 요리에 관한 기술 서적으로 여러 지식이 풍부하고 개혁적인 요리 스타일을 선보였죠."

딸깍.

'이 아이는 처음부터 이렇게 타고난 사람 같아……'

장세아는 강민의 행동과 말하는 모습을 무심한 듯 살피고 있었다.

접시 하나를 집어 들고 조용히 자신에게만 들릴 정도로 목소리를 낮춰 계속 말을 잇는 강민.

"다음으로는 자연 재료의 진실한 맛을 강조하는 니꼴라 데

본네폰스, 이탈리아 요리 예술이라 불릴 정도로 부흥을 가져
왔던 빈첸쪼 꼬라도, '요리 과학'이라는 책을 저술해 이탈리
아 요리의 아버지라 추앙받는 빨레그리노 아르뚜지, '밀라노
의 새로운 요리사'라는 책을 저술한 1800년대 중반의 지오반
니 펠리체 루라스키, 1985년에 프랑스의 권위 있는 미식 안내
서인 미슐랭으로부터 별 세 개를 획득한 최초의 이탈리아 레
스토랑의 주인 괄띠에르 마르께지, 현대 요리의 대가인 까를
로 클라꼬까지 이탈리아 요리는 체계적이면서도 역사적으로
발달해 왔죠."

'대, 대단해!

장세아는 진심으로 감탄하고 있었다.

지금 강민을 바라보는 장세아의 눈빛은 나이와 성별을 떠나
있는 눈빛.

"한때 세계의 중심이었던 이탈리아답게 음식 역사도 봐줄
만 하죠?"

"호호, 이탈리아 요리 역사를 듣고 났더니 막 먹고 싶어졌
어. 뭐부터 먹을까?"

"앙구스트 에스코피에라는 프랑스 요리사가 작성한 '메뉴
북'이라는 책을 보면 무도회 정찬 및 뷔페 메뉴 등의 내용이
저술돼 있죠. 1846년생이지만 시대를 앞섰던 분이었죠."

"그때도 이런 뷔페가 있었어?"

"물론입니다. 대규모 연회 역사는 생각보다 길거든요."

"민이 너는 어떻게 그 숫자들을 다 외우니? 아무리 천재라

지만……."

다시 한 번 강민에게 감탄하는 장세아.

'정말 내 스타일이야.'

장세아는 속으로 얼굴이 화끈거리는 것을 느꼈다.

대학생 정도만 되었어도 은근슬쩍 팔짱을 걸어보았을 텐데 자꾸 강민의 나이가 머릿속을 빙빙 돌았다.

눈을 반짝이며 자신이 알고 있는 것들을 설명하는 강민의 모습은 매력이 넘쳤다.

"식욕을 돋우기 위해 먼저 식전주나 무알콜 음료, 까나페를 먹는 게 좋아요. 그 다음 차가운 전체, 뜨거운 전체, 수프, 국물이 없는 형태의 쁘리미 즉 파스타, 료끼, 리조또를 먹고요."

강민은 손가락으로 즉석에서 조리를 하고 있는 요리사들 쪽을 가리키며 설명했다.

그러고 보니 즉석요리를 만들고 있는 뷔페 식당이 곳곳에 있었다.

"그 다음에 쉬어가는 가벼운 요리를 드신 후 생선 메인 요리, 육류 메인 요리, 꼰또르니, 치즈, 디저트, 과일, 간단한 과자류, 커피나 음료로 마무리하면 크게 위에 부담이 가지 않게 식사를 마칠 수 있어요."

"쉬운 것 같으면서도 어려운데?"

"저도 이론으로 알고만 있지 사실은 오늘 처음 먹어보는 걸요."

"뭐라고!"

마치 수십 번은 경험해 본 전문가처럼 행동하더니 이탈리아 음식을 처음 맛본다는 강민.

'강심장이야? 그것도 아니면 진짜 뻔뻔한 거야?'

그러고 보니 특급 호텔에서의 식사도 처음일 텐데 입구부터 기죽을 만한데 전혀 그런 내색이 없었다.

제집 안방처럼 느긋하게 구경하는 강민의 여유로움.

'천재들은 다 저래……? 아니면 뭘 몰라도 너무 모르는 거야? 정말 달라.'

"세아 누나, 우리는 코리안 스타일로 시작하죠?"

"응?"

"이탈리아 코스 요리는 이탈리아 사람들을 위한 스타일이잖아요. 그러니까 우린 코리안 스타일~ 일단 안살라따~ 샐러드부터 시작하죠."

"호호, 그래. 나도 샐러드가 먹고 싶었어!"

제멋대로 하는 듯하면서도 장세아를 배려하고 있는 강민.

장세아는 그런 강민의 태도가 점점 더 자신을 설레게 하고 있는 걸 느꼈다.

이것이 이거 원칙대로 행동해야 격식에 맞는다고 생각하는 사람이 많았다.

방금 전까지 했던 그 많은 설명은 말 그대로 설명, 씨익 웃으며 우리 스타일대로 먹자고 말하는 강민.

이게 바로 강민 스타일!

‘이 녀석! 꽤 멋있어! 히잉……’

그래도 속이 상하는 장세아.

철없이 나이만 먹은 듯한 자신이 오늘처럼 원망스러운 날이 없다.

강민의 한 발짝 뒤를 따라 코스를 돌며 좀 더 어린 여자인 듯 표정을 지어본다.

‘이게 특급 호텔이구나. 흐흐, 죽인다.’

겉으로 절대 내색하지 않았지만 역시 특급 호텔이라는 생각이 들었다.

우연히 웹서핑 중에 정보를 얻게 된 이탈리아 요리 특선전.

요리 학원 원장님이 말씀하시기를 우리나라에서 제대로 이탈리아 요리를 맛볼 수 있는 곳은 대형 호텔의 이탈리아 요리사들이 직접 조리해 내는 레스토랑이나 뷔페 특선전밖에 없다고 했다.

그걸 기억하고 있다 우연히 얻게 된 식사 기회.

세아 누님은 있는 집 딸답게 한 끼에 10만 원이 훌쩍 넘는 비용을 기꺼이 지불하며 나에게 오늘의 기쁨을 선사해 주었다.

‘샹들리에 저거 수정 아냐? 그리고 접시들 봐라. 모두 단단하면서 가볍고 유려한 광택이 나는 최고급 제품들이잖아……’

촌놈들은 보는 순간 기가 팍 죽을 판.

동선을 방해하지 않는 선에서 고대 그리스 석상 모조품 같은 것들을 보기 좋게 진열해 두었다.

물론 조화이겠지만 천장을 떠받친 기둥을 타고 아이비나 담쟁이넝쿨 같은 식물들이 다소 딱딱하게 보일 실내를 생기 있게 해 주었다.

곳곳에 푸른 나무를 두어 피로를 감소시키고 식탁에 깐 분홍색 체크무늬 식탁보가 색의 조화를 이끌어내고 있다.

이탈리아의 어느 고급 레스토랑과 비교해도 손색이 없을 것 같다.

이 시점에서 짚을 것 하나!

난 촌놈이 아니라 본래 강남 출신.

쫄 것 하나 없이 아무렇지 않게 특급 호텔 뷔페 장을 누볐다.

"연예인가 봐?"

"어머……. 저 언니 라인 예술이야."

"근육 봤어? 와아……. 진짜 멋있다."

"으잉! 우리 자기는 도대체 뭐한 거야!"

나와 세아 누님 정도의 나이쯤 되어 보이는 젊은 남녀들.

호텔이란 곳이 있는 집 사람들이나 외국인, 크고 작은 기업의 중역들이 주고객인 것을 감안할 때 이쯤 되면 우리 두 사람도 그들 중 한 부류.

그리고 오늘은 특별히 이탈리아 요리 특선전이 있는 날.

세아 누님이야 이렇든 저렇든 상관없겠지만 나는 덤으로 그들 부류와 같은 레벨의 신분이 모호한 사람인 건 분명했다.

하지만 상관없다.

제법 많은 젊은 사람들이 뷔페를 즐기며 나와 세아 누님을 힐끔거리며 처다보았다.

관심없는 듯한 눈빛들이었지만 질투와 부러움을 한꺼번에 풍겼다.

"메시나식 말린 대구 샐러드예요. 시칠리아 대표 샐러드죠."

"그래? 여름휴가 때 친구들과 이탈리아 여행 가기로 했는데 미리 먹어 보는 것도 좋겠다."

"그릴에 구운 가지 샐러드죠. 뿔리아 지방 특선 요리죠."

"저건 뭐야?"

"피에몬떼 지역의 전통 요리 같은데요! 돼지와 양, 소고기 등등 여러 고기를 덩어리째 채소와 허브, 각종 양념을 더해 만든 수육 샐러드요."

"맛있겠다!"

"고기 좋아하시나 봐요?"

"응~ 나 고기 좋아. 특히 투플러스 한우 등심 구이를 사랑해."

'누님~ 누님이야말로 한우, 아니 미녀 투플러스 급이에요.'

호기심을 드러내며 마음껏 요리를 고르는 선택하는 세아 누님의 나이스 바디.

보는 것만으로 눈이 호강을 하고 있었다.

"다음은 꼰도르니, 채소와 콩, 과일을 위주로 한 요리로 메인 요리와 함께 나와요. 그러나 여기는 뷔페, 드시고 싶은 걸 선택해야죠."

"저거!"

"당첨~ 오레가노로 풍미를 더한 감자요리로 몰리제 지방의 대표선수라고나 할까요?"

"호호, 나 감자도 좋아해."

누군가와 음식을 함께 먹는다는 게 이렇게 즐거운 일인지 미처 몰랐다.

밝고 경쾌한 미소를 환하게 뿌리는 세아 누님.

얼굴보고 뽑는다는 특급 호텔 호텔리어보다 몇 십 배 더 아름다웠다.

"어머 저 사람 요리산가 봐?"

"되게 똑똑해."

"뒤에 따라가면서 먹어보자."

사박사박.

'응? 이분들은 또 뭐야?'

젊은 처자들을 중심으로 내 주변에 모여드는 십여 명의 여인.

특급 호텔 특선 요리를 즐길 줄 아는 이들답게 평범한 옷차림은 아니었다.

"민아 이건 뭐야?"

나의 주변에 몰린 여인들은 신경 쓰지 않고 이탈리아 요리
사들이 맛깔스럽게 만들고 있는 요리를 손가락으로 가리키는
세아 누님.

"흐음……. 그건 드시지 마세요."

"왜? 되게 맛있게 보이는데."

"소고기가 신선하지 않아요."

"응? 내가 보기에는 신선해 보이는데……."

"한우도 아니고요. 치프리아니의 까르파치오는 신선한 안
심을 써야 해요. 수입 냉장 소고기로는……. 신선함을 살리지
못해 입맛만 버릴 뿐, 마요네즈도 직접 만든 게 아니라 시중에
나와 있는 저가 제품을 쓰고요."

"어머~ 한우가 아니야?"

"이탈리아 특선 요리라더니 한우를 사용하지 않는 거야?'

"광고와 다르잖아. 모든 재료는 한우와 국산 재료만을 사용
한다더니……."

"정말 아니야?'

"저가 마요네즈라니……."

갑자기 등 뒤가 어수선해졌다.

세아 누님과 나눈 나의 말을 듣고 몰려 있던 여인들이 술렁
대기 시작한 것이다.

'이 자식들 양심도 없네, 비싼 돈 처받으면서 이래도 돼? 한
우가 얼마나 한다고……. 쯧쯧.'

싸구려 이탈리아 와인을 이름만 그럴싸하게 불러서 무제한

제공하는 듯 선심 쓰는 특급 호텔 라마르아.

기본적인 요리는 그럭저럭 먹을 만했지만 갖가지 재료로 들어가자 맛이 달라졌다.

뷔페에 들어가는 한우 양이 제법 되겠지만 이런 식으로 재료를 아끼면 안 되었다.

더군다나 제대로 치프리아니의 까르파치오를 만들기 위해서는 영국 겨자가루와 레몬즙, 식초, 소금, 후추를 넣고 올리브유로 마무리를 해야 한다.

그러니 누가 봐도 이건 아니었다.

미식가를 전혀 자극하지 못하는 요리.

"이딴 걸 만들어 놓고 이탈리아 요리 특선전이라니……. 너무 양심들 없는 것 아닙니까?"

사람들이 소란스러워지자 직접 요리를 만들고 있던 요리사들의 시선이 나에게 쏠렸다.

나를 쳐다보는 그들을 향해 당당히 입을 열었다.

비싼 돈 주고 먹는 손님에 대한 예의가 아니었다.

나도 인터넷에서 최고 품질의 한우와 국산 재료만을 사용한다는 광고를 보았다.

"손님 말이 심하십니다. 저희 호텔은 최상의 재료로 이탈리아에서 오신 수석 쉐프이신 안드레아 피를로 님께서 심혈을 다한 특선전입니다. 확인되지 않은 말씀을 사용하신다면 조치를 취하겠습니다."

어느새 다가온 뷔페를 담당하는 매니저.

사십대 중반의 말라서 까칠해 보이는 남자는 인상을 찌푸리며 경고를 날렸다.

그렇지 않아도 튀던 나와 세아 누님.

일단의 무리를 지은 여성들까지 꼬리를 물면서 내 설명을 듣고 있었던 터라 나를 지켜본 모양이었다.

그러다 이런 저런 말들이 오가자 황급히 다가와 조용한 말투로 주의를 주었다.

"말씀이 지나치신 거 아니에요? 조치라니요? 손님이 의문이 들어 몇 마디 할 수도 있지. 그걸 지금 경고하시는 건가요?"

어느새 인상을 차갑게 찌푸리며 시크한 도시녀로 변한 세아 누님.

도도한 눈빛으로 매니저를 추궁했다.

"손님들이 동요하고 있습니다. 저희 호텔 수준을 감안하신다면 확인되지 않은 말씀은 삼가주시는 게 맞지 않겠습니까. 아직 나이도 어려 보이는데……."

'어라 이 아저씨 봐라?'

찔끔.

내가 눈을 살짝 치켜뜨고 바라보자 놀라며 몸을 살짝 떠는 매니저.

'날 물로 보는 거야? 그런 거야?'

돈과 명성을 소유했다면 나에게 이리 나오지 않을 것이다.

아니, 눈으로 훑기만 해도 시장표 옷차림인 내 모습이 지금은 이들이 이렇게 나오게 한 잘못인지도 모른다.

거기에 나이까지 어려 보이니 만만하게 보는 것 같았다.

눈에 보이는 것을 중시할 수밖에 없는 현실.

그렇다고 이렇게 나올 필요는 없었다.

"깝시다."

"……??"

까자는 말에 눈을 동그랗게 뜨는 매니저.

"내 지금 국립농산물품질관리원에 전화해서 여기 있는 쇠고기 원산지가 어디인지 확인하려고 합니다. 만약 한우면 내가 다 배상하고 그게 아니면……. 오늘 이 자리에서 있었던 일을 웹 사이트에 올려 대대적으로 홍보할 테니 한 번 해봅시다."

"……!!"

'이제 긴장 좀 되시나요?

북경루에 있을 때도 가끔씩 국립농산물품질관리원에서 원산지 확인을 위해 나왔다.

속초를 대표하는 업체였기 때문에 다른 곳보다 꼼꼼하게 관리했다.

그래서 이런 일이 생기면 어떻게 대처해야 하는지 어느 정도의 요령을 익히고 있다.

그런 나에게 시비를 거는 라마르아 호텔.

"소, 손님 잠시 저쪽으로 자리를 옮겨 말씀을 나누도록 하시죠."

조치를 취하겠다는 입장에서 말씀을 나누자로 말을 바꾼 매니저.

이런 특급 호텔에서 원산지 위반을 하고 고객을 속이면 뒤가 어떻게 되는지 매니저는 잘 알고 있는 것이다.

'이딴 식으로 장사를 하니 욕먹는 거야. 특급 호텔에서 원산지가 어느 동네인지도 모르는 재료를 사용해?

요리사가 부업인 나에게 있어 먹는 걸로 장난치는 인간들은 흉악범들과 동급으로 싫었다.

자신들이 먹지 않는다고 아무렇게나 재료를 사용하는 양심 없는 인간들.

구덩이를 파고 쏟아부어 넣고 자신이 만든 음식들 다 처먹을 때까지 꺼내주지 말아야 한다.

"무슨 일입니까?"

'엥?

매니저가 나의 태도에 당황하고 있을 때 귀를 파고드는 정통 이탈리아어의 유창한 발음.

나는 목소리를 따라 소리가 나는 곳을 돌아보았다.

이태리 본토 사람인 듯했다.

"어머~ 잘생겼다."

"이태리 남자가 최고라더니……."

"저 깊은 눈동자 좀 봐."

점점 가까워지는 이태리 남자를 확인한 여인들의 표정이 급 바뀌었다.

방금 전까지 인상을 쓰고 있던 얼굴들이 눈 코 입 상관없이 전부 활짝 웃는 표정이 되었다.

'그래 너 딱 걸렸다. 남의 나라까지 와서 거짓말을 해?

다른 요리사들과 달리 목에 붉은색 스카프를 맨 남자.

영화에 자주 등장하는 바람둥이 이탈리아 남자의 특징을 그대로 보여주고 있었다.

키는 약 185 정도.

푹 꺼진 깊숙한 눈매와 쌍꺼풀 진 커다란 두 눈.

오뚝한 콧날과 두툼한 붉은 입술에 날카로운 턱 선은 잘생긴 이탈리아 남자의 표본이다.

게다가 지중해에서 막 퍼 올린 바다색 같은 새파란 눈동자는 남자인 내가 봐도 매력적이다.

아까 매니저가 말했던 안드레아 피를로라는 수석 쉐프인 듯했다.

"당신이 오늘 이곳 총주입니까?"

"어머!"

"이, 이태리어야."

쉐프를 향해 능숙하게 책임자냐 묻자 주변에서 들려오는 경탄.

세계적으로 많이 통용되는 언어가 아니기 때문에 본토인 말고는 이태리어에 능통한 사람이 드물 것이다.

"그렇습니다. 수석 쉐프 안드레아 피를로입니다."

본토인이 들어도 손색없는 정통 이탈리아 발음.

눈동자에 이채를 띠며 질문한 나에게 답하는 안드레아 피를로 총주방장.

"당신은… 요리할 자격이 없습니다. 그 모자와 스카프를 벗고 이탈리아로 돌아가시는 게 어때요."

"……."

차갑다 못해 건방지게 느껴질 정도의 말투에 얼굴을 딱딱하게 굳히는 안드레아 피를로.

안드레아 피를로와 내가 무슨 얘기를 하고 있는지 이해 못하는 주변 사람들은 우리를 멀뚱멀뚱 쳐다보았다.

"매니저님……. 저 청년이 수석 쉐프 님께 요리할 자격이 없다며 고향으로 돌아가라고 하는데요."

총주의 통역사로 보이는 자가 매니저에게 말을 전하고 있었다.

'재료의 중요성도 모르는 놈이 무슨 특급 호텔 주방을 책임진다고. 동네 짱깨집 주방도 아깝다.'

"그 말 책임질 수 있나……."

파바밧.

순간 말투가 변한 안드레아 피를로.

"후후."

대답 대신 돌아가는 짧은 웃음.

'키도 작고(?) 눈탱이만 큰 주제에 어디서 까불어!'

나도 체격이나 외모에서 전혀 빠지지 않았다.

같은 주방장(?) 출신으로서 주방의 도를 어긴 자에 대한 응

징은 냉정한 것.

예의가 있을 수 없다.

오직 분노한 식신의 처벌만 있을 뿐이다.

제9장
요리 대결
마스터K

‘이… 이탈리어까지!’

장세아는 문득 눈앞에 있는 강민의 정체가 궁금해졌다.

계속되는 강민의 양파껍질 벗겨지듯 드러나고 있는 천재적 모습들.

천재라는 소리를 들었지만 그 끝이 어디까지인지 가늠이 되지 않았다.

“께에… 수체…… . 소… 페리…….”

장세아의 귓가에 들려오는 강민과 이탈리아 남자와의 대화.

‘5개 국어가 아니면 도대체 몇 개 언어야?’

아무리 천재라곤 하지만 저절로 알게 되었을 리 없는 외국어.

밤낮없이 외국어만 판 게 아니라면 타국의 언어를 저렇게 자유자재로 사용할 수 없다.

장세아 역시 영어는 어느 정도 자신있게 구사할 수 있었지만 네이티브 수준처럼 완벽하지 못했다.

그러나 강민은 달랐다.

제스처를 사용해 가며 능숙하게 이탈리아로 주방장과 대화를 하고 있다.

"어머어머, 저 사람 쉐프보다 더 멋있어."

"키도 더 큰 거 같지?"

"……. 완전 내 이상형이야."

"나이가 좀 어린 것 같지 않아?"

'이것들이!'

주변에 몰려든 젊은 여인들의 입에서 쏟아져 나오는 말들에 장세아는 기분이 급 나빠지기 시작했다.

오늘은 누가 뭐라 해도 강민과의 첫 데이트다.

그런데 예상치 못했던 상황과 맞닥뜨렸다.

또 그 상황에 대처하는 강민 태도의 무한 매력 발산으로 주변에 꼬이는 나방급 나비들의 관심 표명.

'이씨!'

공식적으로 강민의 연인은 아니었지만 심장을 태우는 질투심에 속이 부글부글 끓었다.

'이 사람들 도대체 무슨 말을 나누는 거야?'

제법 멋스러운 이탈리아 요리사와 심각한 분위기로 대화를 나누고 있는 강민.

지금껏 한 번도 보이지 않았던 화가 얼굴에 비치고 있었다.

"언니!"

"어, 세라야! 어, 엄마?"

"흥! 동생이 밥 한번 사달라고 할 때는 듣는 척도 안 하더니……. 진짜 친언니 맞아?"

"세아야, 나도 좀 그렇다. 매달 엄마 카드를 가져다 쓰면서 밥 한 끼 먹자는 소리를 안 하더니……."

갑자기 나타난 강영자 여사와 장세라.

"가족들이 전부 미인들이네……."

"쳇, 우리 엄마는 수술 좀 시켜주면 안 되나."

한눈에 확 들어오는 세 모녀의 모습에 주변 사람들의 시선이 순간 쏠렸다.

"엘리소……. 다레……."

끊어질 기미가 보이지 않는 심각한 대화.

"미, 민이가 이탈리아어도 할 줄 아네?"

"도대체 천재란 사람들의 머릿속은 어떻게 생긴 거야?"

강민의 능숙한 이탈리아 회화에 감탄하는 강 여사와 장세라.

"근데 무슨 일 있니?"

"나도 잘 몰라요. 민이가 요리에 대해 설명하고 있었는데 갑자기 매니저란 사람과 주방장이 차례로 나타나 불쾌감을 드러냈어요."

"뭐? 민이가 요리에 대해서 뭐라 했다고?"

강 여사는 깜짝 놀랐다.

강남에 살면서 웬만한 점심 약속은 호텔을 이용하고 있었다.

그리고 호텔 뷔페가 어떻게 요리되어 고객들에게 제공되는지 잘 알고 있다.

오늘 이곳 정도라면 요리로 문제가 생겨서는 안 되는 것이었다.

특급 호텔 한 파트의 주방장이 되려면 일류 요리 학교와 엄격한 수련을 거쳐 선발되는 걸로 안다.

특히 오늘처럼 호텔 이름을 걸고 특선전을 열 때는 대단한 명성을 소유한 이가 수석 쉐프가 되었다.

그런데 이게 열일곱 살인 강민이 트집을 잡았다면 쉽게 넘어갈 문제가 아니었다.

"뭐야? 여기서 사고 친 거야? 아무리 천재라지만 요리에 대해서 뭘 안다고……."

"세라야, 그런 말 하지 마."

장세아가 세라의 말을 잘랐다.

"난 민이에게 감동받았어. 세상에 이탈리아 요리에 관한 역사와 문화, 예절까지 모르는 게 없었어."

"지, 진짜?"

"정말이니?"

장세아의 말이 장난이 아님을 눈치채고 그 모습에 다시 되묻는 두 사람.

"지금 주방장과 얘기하고 있는 모습 보면 모르겠어요?"

"음……."

장세아의 말에 신음을 흘리는 두 사람.

"저렇게 완벽한 남자는 처음 봐요."

강민의 신분도 망각한 채 남자라고 말하며 눈빛을 빛내는 장세아.

강민의 진가를 다 설명하지 못한 안타까움이 두 눈 가득 담겨 있었다.

"자신의 이름을 걸고 요리를 한다는 건 영광이지만 동시에 엄청난 책임감이 따르는 일 아닙니까? 안드레아 피를로씨는 이 점에서 실격입니다. 아무리 뷔페 음식이라지만 호텔, 그것도 본인의 이름을 내걸고 홍보한 이탈리아 특선전인데 책임을 졌어야죠."

나는 뷔페 장 미니 주방을 한 번 쭉 훑었다.

"저기 있는 요리사들도 당신과 한 몸처럼 움직여야 하고 각 재료는 최상품을 썼어야 했습니다. 아무리 호텔 측에서 이윤을 먼저 따진다고 하더라도 당신은 이름 있는 쉐프, 당신의 자존심을 지켰어야 했습니다."

북경루 생활 당시에도 그랬다.

왕 사장은 장사에 능숙한 화교답게 적당히 신선하고 적당한 가격의 재료를 사용했다.

그러나 요리란 것은 본래 기가 담기는 것.

재료에 담겨 있는 기가 요리의 맛을 좌우하기 때문에 비싼 돈을 지불하고 최고급 요리를 찾는 이들에게는 그만한 대가에 상응하는 요리를 대접함이 옳았다.

북경루에서는 재료가 한정되어 있어 방편으로 택한 것이 직접 제조한 마법 가루.

각종 인스턴트 양념 대신 나는 그것을 사용했다.

재료의 질이 떨어지고 맛을 제대로 낼 수 없을 때 사용하게 되는 각종 공장 제조 양념들.

일반 음식점이나 요리점에서 제조 양념을 사용할 수밖에 없는 이유가 이 때문이다.

신선한 재료를 사용하지 않고 품질 역시 형편없는 식자재들.

하지만 난 바꿨다.

내가 정성을 다해 만든 음식을 먹고 행복감을 만끽하는 이들을 볼 때 느껴지던 또 다른 충만감.

그런 그들을 생각하며 주방의 재료들을 하나둘 바꿔 나갔다.

사실 돈으로 따지면 당장 거둬들이는 돈은 줄게 마련이다.

하지만 작은 이익에 눈이 돌아가 미래까지 스스로 좀먹게 하는 이들.

근시안적 판단으로 인해 장기적인 수익을 포기하는 결과를 낳고 만다.

언 발에 오줌을 싸는 격이다.

"소년, 어떤 재료와 요리가 마음에 들지 않는가? 난 최선을 다해 내 이름에 걸맞은 요리를 만들었다. 정통 이탈리아 요리가 무언지 모르는 한국 사람들에게 특혜를 베풀었다."

자존심이 하늘을 찌르는 안드레아 피를로.

'그래서 넌 안 돼.'

자존심은 좋았지만 요리에 대한 자세가 안 돼 먹었다.

"당신의 스승이 요리를 그 따위로 가르쳤습니까? 특혜? 하하하, 재미있는 말이군요."

안드레아 피를로란 사람은 아무래도 요리사 자격이 없는 사람처럼 나는 생각되었다.

"당신의 요리가 무슨 의미가 있지요? 당신 요리를 먹어주는 귀한 이들이 거지라도 되는 줄 아는 겁니까? 오늘 이곳을 찾은 사람들은 당신의 이름을 믿고 찾아온 귀한 손님들입니다. 이분들이 오늘 이곳을 찾지 않았다면 당신은 무엇으로 당신의 요리를 증명할 수 있죠? 아직 그런 사실을 모른다면 당신은 진정 요리할 자격이 없습니다."

"뭐, 뭐라고!"

얼굴이 일그러지는 안드레아 피를로.

유럽인들 중에서 체구가 작은 편에 속하는 이탈리아 남자였지만 이 사람은 바다 사람들인 시칠리아 출신처럼 덩치가 컸고 거친 기운을 뿜어냈다.

나는 그의 태도에 개의치 않고 문제가 되었던 요리에 대해

지적해 나갔다.

"저기 치프리아니의 까르파치오는 신선한 쇠고기 등심과 마요네즈, 신선한 야채가 고루 조화를 이루어야 완벽한 맛을 낼 수 있는 요리입니다. 쥬세뻬 치프리아노가 비또레 까르파치오라는 화가를 대신해 귀중한 손님들을 접대하기 위해 요리를 만들었을 때 과연 어떤 심정이었을까 생각해 보셨습니까?"

"……!!"

치프리아니의 까르파치오의 잘 알려져 있지 않은 역사를 말하자 깜짝 놀라는 안드레아 피를로.

"어쩔 수 없이 이 한정된 공간에서 많은 사람들을 위한 요리를 만드는 일이 쉽지 않다는 것은 이해합니다. 갓 만들어진 요리의 맛을 유지하기 힘든 만큼 더욱 더 정성을 기울여야 하는 것도 압니다."

난 요리뿐만 아니라 무엇이든 즐겁게 하지 못할 바에는 시작을 하지 않는 게 좋다고 생각한다.

이런 협소한 공간에서 요리를 하는 것을 즐길 수 없다면 그것은 먹는 사람들에게도 민폐일 수밖에 없다.

아무리 봐도 이 사람은 거품이 너무 많은 유명인사에 불과하다.

"그러나 당신은 마음 자세가 프로 요리사답지 못합니다. 요리의 기본 원칙도 모르는 것 같아요."

질책성 말투가 계속 튀어 나왔다.

"요리는 가능한 요리하는 지역에 속한 재료를 선택해야 하

며 제철 재료와 신선한 재료를 사용하는 것이 기본입니다. 그
러나 당신은 가장 기본적인 것도 무시하고 있어요. 그리고 자
신의 귀중한 음식을 맛보러 황금 같은 돈을 내고 귀중한 시간
을 할애해 오신 고객에게 배신을 안긴 거지요."

"……."

나를 노려보는 수석 쉐프.

"그들의 돈과 시간은 당신의 오만하기만 한 요리를 위해서
만 있는 게 아니에요. 항상 감사하는 마음으로 요리에 정성을
다해야 하는 이유가 거기 있죠. 그런 사실을 모르고 있지 않을
텐데……. 이런 식이라면 당신은 평생 삼류 요리사 티를 벗지
못할 거예요."

하고 싶은 말을 다했다.

적어도 비싼 돈을 내고 들어온 나를 비롯한 다른 손님들에
대한 예의없음을 꾸짖었다.

정성이 들어간 음식은 사람들의 피와 살이 되어 건강한 삶
의 에너지가 되지만 대충 만든 음식은 독이 되었다.

나는 요리를 하는 한 사람으로서 요리사의 기본을 다시 한
번 상기시켰다.

"하하 하하하하하하하하하!"

갑자기 박장대소를 터뜨리는 안드레아 피를로.

'이 양반이 머리가 어떻게 되셨나. 쯧쯧.'

"치프리아니의 까르파치오의 유례를 알고 있을 정도의 박
식한 너의 지식은 칭찬해 줄 만하다. 그러나 요리는 지식이 아

닌 정신과 육체의 조화에서 만들어내는 예술적 창조물이다. 치프리아니의 까르파치오에 들어간 쇠고기가 마음에 들지 않는 것 같은데 오늘을 위하여 특별히 호주에서 비육한 특급 쇠고기를 공수해 사용했다. 한우가 아니라 마음에 들지 않는가? 그런데 어쩌지. 내가 아는 요리 상식으로는 한우로는 치프리아니의 까르파치오의 본래 맛을 낼 수가 없을 것 같은데.”

'어라? 아직도 정신을 못 차렸네.'

요리의 기본 원칙을 말했는데 말귀를 못 알아듣는 수석 쉐프.

외국인 요리사여서 그런지 한국 재료들에 대해 약간의 거부감이 있는 것 같았다.

“그리고 마요네즈는 처음 며칠은 직접 만들어 사용했다. 하지만 저급한… 입맛에는 맞지 않았는지 대부분 거부감을 표하더군. 그래서 뺐다. 그리고 한국 사람들이 좋아하는 저질 제품을 뿌렸더니 잘만 먹더군. 크크크.”

'오! 비웃는 다 이거지?'

이탈리아 요리와 자신에 대한 자부심이 대단한 것 같은 안드레아 피를로 쉐프.

말이 길어질수록 태도가 불순해졌다.

이탈리어를 알아듣는 사람이 없는 것을 알아 대놓고 무시했다.

그냥 넘어갈 수 없었다.

'니들이 청국장 맛을 알아?'

특선전이라고 해서 자리를 만드는 것은 알려지지 않은 맛을 알리는 자리로 잠재된 고객에 대한 앞선 배려다.

그런데 이미 바탕이 되어야 하는 마음부터 그러한 에너지를 거둬들인 상태로 무시하고 있는 안드레아 피를로.

"변명이 길군요."

"뭐라고!"

"내가 말하지 않았나요? 손님이 왕이라고. 그런 왕을 싸구려 취급하고 있군요. 당신 태도를 수정할 생각은 못하고 정통만 고집하는 게 진정한 요리사란 말인가요? 여기 있는 이 요리들은 당신이 직접 개발한 새로운 것들인가요? 그리고 레시피가 있을 텐데 그 레시피대로 완벽하게 조리해 낸 것들인가요?"

"……."

연속으로 이어지는 질문에 입을 다무는 이탈리아 맨.

"당신은 스스로 싸구려 요리사가 되었어요. 당신의 싸구려 요리를 맛본 싸구려 손님들을 상대한 당신은 결국 싸구려란 말이 되죠."

"이이!!"

내 말에 얼굴을 파르르 붉게 붉히는 수석 쉐프 안드레아 피를로.

"스트론쪼!"

'이 자식 봐라. 막 나가네.'

이탈리어로 미친놈이라고 나에게 욕을 퍼붓는 쉐프.

"바 판 꿀로~"

"크아아아아!"

우리나라 말인 나가서 뒈져라 정도로 해석할 수 있는 말인 최고급 욕에 속하는 이탈리아어.

꼭 이 말을 뱉지 않아도 되었겠지만 워낙 말이 통하지 않는 안드레아.

내 욕에 이성을 상실하고 날뛰는 수석 주방장.

'조용히 한 끼 먹으려다 큰 판 벌어졌네.'

나도 처음부터 이러고 싶지 않았다.

왜 최고급 한우를 재료로 사용한다고 거짓광고를 해서 이런 상황을 초래했단 말인가.

"억울한가요? 그럼 제안 하나 하죠."

제대로 승복하지 않는 놈을 위해 직접 가르침 한 수 주기로 마음먹었다.

"당신과 내가 만든 요리로 승부합시다."

"무, 무슨 헛소리야!"

"이탈리아 요리 전문가는 아니지만 나도 요리사 자격증을 가진 사람입니다. 당신과 승부를 내겠어요. 만약 내가 이기면 매일같이 정성을 다해 요리를 하십시오. 당신이 이기면 깨끗하게 승복하고 큰 절을 올리겠어요."

자존심을 건 한 판 승부를 제안했다.

좀 우습지만 일이 이렇게 되고 말았다.

"요리사였나?"

요리사라는 말에 한풀 눈빛이 꺾인 안드레아.

자격증 있는 자와 없는 자는 이렇게 프로 세계에서 대우가 달랐다.

"그렇다."

"소년, 인정한다. 네 말이 대부분 맞다."

'어라? 갑자기 왜 이래?

요리사라는 말에 안드레아의 태도가 달라졌다.

한국과 다른 사고방식을 가진 외국이었기에 그 속마음을 짐작하기가 어려웠다.

요리사도 창조적 직업 중의 하나였기에 성격이 괴팍한 사람들이 많은 게 일반적이다.

"그러나 넌 내 요리사로의 명예를 건드렸다."

끝까지 자존심을 세우는 안드레아 쉐프.

명예를 운운하는 것 자체가 자존심이 상했다는 말.

"너의 제안을 받아들이겠다. 단, 패배하면 여기 있는 모든 요리를 다 맛봐야 한다!"

'헐, 그게 제안이야?

생각보다 괜찮은 사람 같았다.

욱하는 성격에 금세 대화에 응하는 것을 보면 내국인 저리 가라다.

"좋아요. 흔쾌히 수락하죠."

"이탈리아 요리는 무엇이든 상관없다. 종목을 고르라."

"토마토 스파게티~"

"좋다!"

피자와 함께 가장 기본적인 이탈리아 요리 중 하나.

사실 내가 알고 있는 이탈리아 요리 중에서 실습한 종류는 몇 가지 되지 않았다.

재료가 부실한 상태에서 본래 맛을 낼 수 없었다.

하지만 스파게티는 달랐다.

요리 학원에서 몇 번 간식으로 만들어 제공할 때 난리가 아니었다.

진정한 이탈리아 요리 귀신이 붙었다고 극찬의 소리들이 쏟아졌었다.

"민아, 무슨 일이야?"

안드레아와 말이 어느 정도 끝나자 가까이 다가온 세아 누나.

"민아, 이게 도대체 어떻게 된 일이야?"

'어라 큰누님과 세라도 왔네.'

이제야 눈에 들어오는 세 모녀.

초특급 우월적 유전자 덩어리인 세 모녀들 덕분에 뷔페 장이 환하게 밝아지는 느낌이었다.

"여기 수석 쉐프와 요리 대결을 할 생각입니다."

"뭐, 뭐라고!"

"요리 대결! 수석 쉐프와?"

말도 안 된다는 표정을 짓는 세 사람.

"주방으로 가시지요. 쉐프 님이 기다리십니다."

인상이 딱딱하게 굳은 매니저가 주방으로 날 인도했다.

“알겠습니다.”

이것도 냉정한 승부의 세계.

주먹이 법인 곳과 맛있는 요리가 법인 곳의 생리가 다르지 않았다.

아무리 옳아도 그것을 증명할 방법이 없다면 입 닥치고 실력을 보여야 하는 승부의 법칙.

‘호텔 주방 한 번 구경해 볼까. 후후.’

북경루 주방도 제법 크고 깔끔했지만 호텔 주방은 단 한 번도 직접 눈으로 본 적이 없었다.

그것도 특급 호텔 주방은 더욱더.

내가 갖고 있는 요리사 자격증으로는 언감생심인 곳.

매니저를 따라 주방 쪽으로 향하는 강민

“어머어머, 민이가 무슨 짓을 한 거니?”

그런 강민의 등 뒤에서 세 모녀는 할 말을 잃은 듯 빤히 쳐다보았다.

“언니, 이게 말이 돼?”

“그러게 말이다……. 이게 무슨 일인지.”

강 여사 모녀 패밀리들은 어안이 없었다.

이탈리아어로 뭐라 뭐라 떠들더니 일반 요리사도 아닌 이곳을 총괄하는 수석 쉐프와 요리 대결을 벌인다는 강민.

하긴 일반인의 상식으로는 도저히 이해할 수 없는 상황이었다.

“요리 대결? 어머~ 진짜일까?”

“호호, 구경하고 가야지.”

“재미있겠다.”

뷔페에 있던 사람들 모두 흥미로운 대결에 여기저기서 말들
이 많았다.

“그런데 오늘따라 손님들이 많네.”

“우리 자리에 앉아서 기다려요.”

이탈리아 요리 특선전이 열리는 라마르아 호텔 뷔페장.

저녁 시간이 되자 사람들이 몰려들기 시작했다.

수석 쉐프와 일반인의 요리 대결 소문이 조용히 퍼지고 있
었다.

‘와우! 역시 특급 호텔 주방이로군!’

타다다다닥.

치이이익 치이이익.

위이이이이잉.

깔끔한 스텐으로 처리된 약 50여 평의 공간.

천장의 깨끗한 대형 환기구에서는 끊임없이 조리실의 공기
를 밖으로 빼내 주방 특유의 냄새를 제거하고 있었다.

“3팀 시금치 리조또 추가.”

“추가!”

“2팀은 말파띠 추가.”

“추가!”

‘저들이 요리사들이군.’

호텔 주방은 이사급에 해당하며 인사결재, 메뉴 개발, 경영 입안을 계획하는 총주방장.

그 다음 서열인 부주방장, 경영진과 현장 직원과의 중간 책임자라 할 수 있는 단위 주방장.

그리고 주방에서 전반적인 식재료 관리 및 요리를 진두지휘를 직접 담당하는 수석 조리장.

아직 쉐프라 불리지 못하는 부조리장, 그 밑으로 1, 2, 3급 조리사들과 보조 조리사, 설거지나 양파 까기가 전문인 조리 실습생 등으로 나뉘어져 있는 게 보통이다.

안드레아 피를로가 수석 쉐프로 불리는 것으로 보아 이탈리안 레스토랑의 최고담당 요리사가 분명했다.

“쉐프!”

약 30여 명의 요리사가 일을 하다 안드레아가 나타나자 한목소리로 힘차게 외쳤다.

‘군기가 빡세다더니 정말이었군.’

어지간한 군대보다 더 험하다는 호텔 주방의 군기.

점심과 저녁 시간에 몰리는 손님들을 상대하기 위해서는 그럴 수밖에 없었다.

음식을 조리하는 곳은 장소를 불문하고 대부분 입장이 비슷했다.

호텔을 떠나 북경루에서도 상황이 그랬다.

나야 워낙 요리 실력으로 인정받아 총주방장이었던 대성 형

님의 터치를 받지 않았지만, 다른 주방장들이 실수하면 양파
와 감자가 날아다녔고, 심지어는 도마 위로 칼이 꽂히기도 했
다.

"후회하지 않나? 다른 서양 요리를 선택해도 받아줄 용의가
있다."

요리 대결을 펼쳐 승부를 보자는 말에 냉정을 회복한 안드
레아 피를로.

본인 이름으로 특선전을 열 정도라면 요리계에서는 상당히
알려진 인물인 것이다.

"전혀~ 확실하게 기본 요리로 끝을 보죠."

"평가는 어떻게 할 것인가?"

"홀에 차고 넘치는 고객이 당신과 나의 실력을 평가하는 최
고의 심사위원 아니겠습니까."

"고객들?"

"당신과 나의 요리를 함께 내놓으면 됩니다. 따로 표지하지
않고 말이죠. 직접 먹어본 뒤에 맛의 대한 평가를 달라고 하면
되는 거죠. 10인분이면 충분히 객관적으로 평가받을 수 있을
것 같은데 어떻습니까?"

"하하, 좋다. 유쾌한 너의 제안을 기꺼이 승낙한다."

'또라이 아니랄까봐…… 쯧쯧.'

요리사라는 직업도 창조적 생산자 중의 한 사람이기 때문에
스트레스가 만만치 않았다.

어떤 일이든 마찬가지겠지만 자기 일에 미치지 않고서는 성

공하는 이들이 드물다.

요리사라는 직업도 마찬가지이고 성공했다고 하는 사람들 대부분 정상적인 사고를 가진 이들이 없다.

특히 창조적 행위로 먹고사는 예술가들은 그 정도가 더욱 심하다.

"재료 준비는 다 끝난 것 같군."

토마토 스파게티는 빠지지 않는 메뉴.

주방 한쪽에 위치한 4구짜리 가스레인지 하나를 차지했다.

나이 차이가 거의 배가 났지만 대화를 하는 데 있어서 걸림이 없었다.

국적과 나이를 떠나 요리라는 공통된 한 가지 일에 있어 그 일을 대하는 열정만이 전부인 까닭일 것이다.

안드레아 피를로도 그 나이의 한국 사람이 아니라서 그런지 나의 말투나 태도에 예민하게 반응하지 않았다.

"저쪽에 토마토를 비롯하여 재료들이 있다. 필요한 만큼 가져다가 사용하라."

"네, 고맙습니다."

'주방 기구들이 다 명품이군.'

냄비 하나에 100만 원에 육박하는 통짜 주물 냄비들과 프라이팬들이 머리와 다리 아래 주르륵 놓여 있었다.

칼도 각 용도에 맞게 다섯 자루가 준비되어 있는 자리.

'최고급 엑스트라 버진 올리브유와 향기로 보아 밭 마늘이 분명하고, 양파도 황토 양파, 토마토도 숙성도가 좋군.'

옆자리에 놓여 있는 각종 재료는 최상품이었다.

'스파게티라……. 한 번 달려볼까.'

재료를 보자 기운이 샘솟았다.

이상하게 들릴지 모르나 스파게티나 짜장면, 짬뽕면이나 별반 다를 게 없었다.

스윽.

옆에 있던 새하얀 모자를 눌러썼다.

촤르르르르.

수돗물을 틀어 손도 깨끗이 씻었다.

'후우.'

호흡을 들이키며 기를 응집했다.

'당신과 나는 다른 게 하나가 있지. 그건 바로…….'

콰득콰득.

질 좋은 토마토를 들어 손으로 주물러 으깨었다.

'내 음식을 먹는 모든 이들에게 행복이 깃들기를.'

나 혼자 사는 세상이 아니었다.

이유야 어떻든 내가 지금 만든 음식으로 이름도 모르는 타인들이 행복할 수 있는 순간.

콰륵콰륵콰륵.

생명의 기운이 담겨 있는 내기를 운용하여 토마토에 담았다.

'토마토 스파게티는 토마토, 양파, 바질 향이 최우선되는 가장 이탈리아다운 파스타다. 이제부터 이곳은 나의 영역. 내가

바로 요리의 신이다!'

마음 자세 하나로 세상 모든 게 바뀐다는 양 도사 스승님의 가르침.

촤라락촤라라락.

토마토를 주무르는 손길이 빨라졌다.

신선한 재료는 신속하게 조리해야 했다.

한식과 달리 중불이나 약한 불로 조리할 필요가 거의 없는 토마토 스파게티.

타다다다다다닥.

순식간에 토마토 홀을 만들고 양파를 가로세로로 빠르게 다졌다.

자잘한 재료들은 보조들이 이미 다 준비해 놓았기에 요리를 만들면 그만.

라마르아 호텔 이탈리아 요리 주방은 지금 내 것이 되었다.

그 누구의 것도 아닌 요리사 강민의 지배지.

"……!!"

옆에서 벌어지는 재빠른 손놀림에 안드레아 피를로는 놀라움을 감추지 못했다.

오늘 벌어진 전혀 예상치 못한 일들의 연속.

한눈에 보고 재료가 이곳 한국산 쇠고기가 아니며 마요네즈의 품질까지 알아낸 소년 요리사.

타다다다다다다다닥.

손이 보이지 않을 정도로 빠르게 양파를 정확하게 다져갔
다.

자신도 못 따라갈 정도의 능숙한 솜씨.

키는 자신보다 컸지만 한참 어린 나이가 분명했다.

그러나 칼질 하나는 마스터 경지에 올라 있었다.

'질 수야 없지!'

일꾸오꼬 알마 국제 요리학교 수석 졸업 출신이며 현 이탈
리아 요리계의 거장 안토니오 가르뎅으로부터 다년간 사사받
은 안드레아 피를로.

소년의 칼질과 손놀림이 범상치 않았지만 신경 쓰지 않았
다.

그 정도는 숙련된 요리사라면 당연히 거쳐야 할 과정이었
다.

촤르르 촤르르르륵.

안드레아 피를로 수석 쉐프의 손도 바쁘게 움직였다.

절대 질 수 없는 한 판 승부.

제대로 이탈리아를 대표하는 토마토 스파게티의 진면목을
보여주리라 마음먹었다.

"와아……."

"아!"

"손놀림 좀 봐. 보이지가 않아."

"수석 쉐프님도 그렇지만 저 덩치 큰 꼬맹이는 뭐야? 왜 요

리를 하고 있는 거야?"

"지금 스파게티로 실력 대결을 벌이는 중이래."

"뭐? 스파게티로 수석 쉐프님과?"

바쁜 저녁 시간 때였지만 넉넉하게 음식을 채워 놓은 요리사들은 손을 놓고 엄청난 손놀림을 보이며 요리를 만드는 두 사람을 바라보았다.

치이이이익.

달궈진 팬에 올리브유를 두르고 마늘을 넣어 향을 내더니 이내 양파를 은근한 불에서 색이 나지 않게 볶는 두 사람.

방울토마토를 넣어 으깨질 정도로 볶더니 토마토 홀을 부어 본격적으로 소스를 만들어 갔다.

부글부글.

그 사이 대형 솥에 들어 있던 물이 강한 화력에 부글부글 끓기 시작했다.

촤르르.

끓은 물에 소금과 올리브유를 뿌리는 두 사람.

이제는 거의 같은 속도로 요리 실력을 펼쳤다.

"저 꼬마 누구야?"

"세상에……. 수석 쉐프님과 같은 속도라니!"

"한 치의 흐트러짐도 없어!"

구경하던 요리사들의 입에서 경탄이 연속 쏟아졌다.

말이 쉬워 속도감이지 머리와 손에 완벽하게 배어 있지 않는다면 저런 쾌속한 조리 실력은 나오지 않았다.

특히 스파게티는 면 종류였기 때문에 퍼지거나 덜 삶아지면 맛이 확 떨어졌다.

스륵스륵스륵.

토마토소스가 담긴 소스통을 약한 불로 조리하며 젖기 시작하는 두 사람.

탄 냄새가 조금만 나면 소스가 소용없었다.

두 사람은 득도한 고승처럼 묵묵히 자신의 요리에 집중하고 있었다.

"……."

그들의 강력한 포스에 주방 안은 어느새 숨소리 하나 없이 조용해졌다.

쉽게 보기 힘든 정석 스파게티 요리.

이태리 본토 출신 수석 쉐프와 거의 같은 방식으로 조리하는 이름 모를 소년의 분투.

주방 경력 10년 이상 된 이들도 넋이 나간 표정으로 둘을 지켜보았다.

한 치의 틈도 보이지 않고 요리에 몰두해 있는 두 사람의 엄청난 에너지는 주방을 지배하고 있었다.

좌라라라라락.

그 사이 소스가 완성되었고 면이 물속에 부채꼴 모양으로 투하되었다.

막판으로 치닫는 스파게티.

1, 2인용이 아니라 10인분이나 되는 양이었기 때문에 힘이

몇 배나 더 들어갔다.

주방 경력 1년만 되어도 스파게티 1인분은 눈감고도 만들 수 있었다.

하지만 양이 많아지면 달랐다.

많은 양을 똑같은 맛으로 만들어 낼 수 있는 자가 진정한 요리사였다.

스륵스륵스륵.

스파게티 면이 삶아질 때 처음 1, 2분간은 저어주며 눌어붙는 것을 방지해야 했다.

스르륵 스르륵.

그 사이 소스도 저어주며 손을 빠르게 움직이는 두 사람.

타다다다닥.

순식간에 접시를 꺼내어 빠르게 진열했다.

"면발 색이 찰지군."

"완벽해!"

"어떻게 내가 한 거랑 저렇게 틀리지?"

주방의 보조들의 입에서 한탄 비슷한 소리가 터져 나왔다.

같은 시간 같은 재료로 만들어도 너무나 다른 면의 빛깔.

주르르르륵.

면발이 건져지며 비빔통으로 들어갔다.

스파게티 면은 찬물로 헹구면 절대 안 되었다.

스르르르르륵.

면이 담겨지자 그 위에 소스를 천천히 붓는 두 사람.

촤락 촤락 촤락.

소스를 붓고 기다란 나무젓가락으로 신속하게 섞기 시작했
다.

요리가 완성되기 전까지는 한순간도 정신을 흐트러뜨리지
말아야 한다.

요리는 재료뿐만 아니라 요리사의 기도 들어가기에 같은 음
식을 같이 만들어도 사람마다 다른 맛이 난다.

스스스슷.

소금과 후추가 뿌려지고 다진 바질과 파슬리가 투하되었다.

주루룩.

스르르륵.

그리고 생 올리브유가 뿌려지며 저어졌고 놓여 있는 접시
위에 먹기 좋게 담기기 시작했다.

스윽스윽.

마지막으로 데코레이션을 위한 싱싱한 바질 잎이 돌돌 말린
면 위에 놓였다.

"하아……."

"후우."

짧다 말할 수 없는 스파게티 요리가 끝났다.

두 사람의 입에서 흘러나오는 긴 숨들.

간단하게 요리하는 듯하지만 엄청난 집중력 덕분에 상당한
기가 소모되었음을 주방의 요리사들은 모두 알고 있었다.

“밖에 설문 스티커가 준비되었습니다. 서빙할까요?”

통역관으로 보이는 자가 그제야 입을 열었다.

끄덕.

그 말에 고개를 끄덕이는 안드레아 피를로.

‘제법 흥분되는데.’

열 접시였지만 뷔페 특성상 몇 명이 더 평가단이 될 수 있었다.

“소년, 제법이었다.”

내가 자신과 똑같은 속도로 스파게티를 만들어 내자 놀라움을 드러내며 제법이라며 칭찬하는 안드레아.

“당신도 요리할 때는 봐줄 만했어요.”

피식 웃으며 그를 인정했다.

요리 한 가지로 머나만 타국에서 자신의 이름으로 이탈리아 요리 특선전을 연다는 일은 쉬운 게 아닐 것이다.

남들보다 몇 배, 아니 몇 십 배 더 노력한 자만이 얻을 수 있는 영광.

“하하, 잠시 소란 피워서 죄송합니다. 바쁘신 거 같은 데 일들 보세요.”

나와 안드레아 피를로의 대결로 적막강산이 되어버린 주방.

꿈틀.

그 순간 안드레아의 눈썹이 꿈틀거렸다.

“고! 고고고고!”

그리고 우렁차게 튀어나오는 고라는 단어.

"예, 옛! 쉐프!!"

타다다다닥.

치이이이이익.

스륵 스륵 스륵.

수석 쉐프의 한마디에 식은 찻잔에서 뜨거운 용광로로 변해 버린 주방.

"나가서 우리 겸허히 승부 결과를 지켜봅시다."

"그러지, 소년."

내 말에 고개를 끄덕이는 안드레아.

'완전 미중년이네.'

이제야 눈에 들어오는 깊숙한 푸른 눈동자를 소유한 안드레아의 그림 같은 얼굴.

왜 여자 친구나 와이프와 함께 결코 이탈리아로 여행을 가지 말라고들 하는지 짐작이 되었다.

드르르르륵.

"어?"

"스파게티?"

"다 끝난 거야?"

대결 이야기를 들었던 이들이 뷔페장을 떠나지 않고 있었다.

라마르아 호텔 이탈리아 요리 특선전을 기다리고 있던 이들이 상당수.

그들 대부분이 안드레아 피를로 수석 쉐프의 이름을 알고 있었다.

이탈리아가 배출한 세계적 요리사인 안토니오 가르뎅의 제자이면서 요리계의 떠오르는 명장.

그가 이름없는 한국 소년과 요리 대결을 펼친다는 소식에 뷔페장은 작은 소란이 일었다.

요리사도 아닌 한국 소년과 세계적 쉐프의 대결.

드라마 같은 이야기에 기대감을 잔뜩 드러냈다.

그리고 서빙카에 실려 뷔페장으로 나오는 스파게티.

"어떤 게 안드레아 피를로 쉐프의 스파게티야?"

"접시만 다르지 누구 요리인지 모르잖아."

아이보리색 접시와 새하얀 접시에 각각 담겨 있는 스무 접시의 스파게티에 장내가 잠시 소란스러워졌다.

"공정한 평가를 위해 표식없이 진행하겠습니다. 스파게티를 각각 맛보시고 더 뛰어난 맛의 스파게티 쪽에 이 스티커를 판에 붙여주시면 됩니다."

스파게티 열 접시씩이 담겨 있는 서빙카 옆으로 세워져 있는 스티커 판.

"그럼 맛있게 드시고 솔직한 판단을 내려주십시오."

"어머! 스파게티 윤기 좀 봐!"

"세상에……. 안드레아 피를로 쉐프가 정성들여 만든 작품 아니겠어?"

"그런데 둘 다 모양이 비슷하네……."

"일단 먹어보면 알겠지. 아무리 그래도 수석 쉐프를 누가 따라가겠어."

"호호, 그건 그래."

접시를 들고 순식간에 스파게티가 놓여있는 테이블 앞에 줄을 서는 여인들.

남자들은 대부분 호기심만 드러내고 있을 뿐 직접 나서지 않았다.

"엄마! 이리로 줄서!"

"그래! 호호호. 그래도 민이가 대단하네. 어떻게 스파게티를 저리 만들 수 있지?"

"정말 민이 오… 빠가 만들었을까?"

"만들었으니까 스파게티가 나오지 않았겠니. 하아! 기대된다!"

강 여사 모녀들도 재빨리 사람들에 섞여 줄을 섰다.

"조금만 가져가요!"

"뒷사람도 생각해야죠!"

"어머~ 내가 많이 담았네. 호호호."

안드레아 피를로 수석 쉐프의 이름을 걸고 진행한 이탈리아 요리 특선전이었지만 수석 쉐프가 전부 요리를 만들지 않았다.

그 사실을 알고 있는 얌체 같은 이들이 스파게티를 가득 담자 주변에서 신경질적인 반응이 나타났다.

"와아! 맛있겠다!"

“언니 빨리 담아!”

“응!”

“어머 스파게티 색깔 좀 봐. 토마토가 생생하게 살아 있는 빛깔이야.”

스스스슥.

세 모녀는 빠르게 접시에 양쪽 스파게티를 한 포크씩 담았다.

배불리 먹는 게 목적이 아니라 강민과 수석 쉐프가 만들어낸 예술 작품을 맛보기 위함이 목적이었다.

“맛있어 보이지?”

“둘 다 모양이 비슷하지 않아요?”

“하아, 이 신선한 마늘과 바질향! 오랜만에 제대로 된 스파게티를 먹어보겠네.”

“엄마도 스파게티 좋아해요?”

“그럼~ 대학교 다닐 때는 스파게티만 먹고살았단다.”

“와아! 아빠 무지 힘들었겠다. 그 당시 스파게티값이 만만치 않았을 텐데.”

“호호, 그런 점 때문에 결혼한 이유도 있지.”

딸들의 질문에 솔직하게 답하는 강영자 여사.

“우리 먹어봐요.”

“응.”

자리에 앉아서 포크로 양쪽 스파게티를 번갈아가며 먹기 시작했다.

“음…….”

“하아…….”

“세상에.”

스파게티를 먹고 난 뒤에 나오는 세 사람의 각기 다른 탄성.

“마, 맛있어요!”

“토마토의 신선함과 스파게티 면의 탄력이 올올히 가닥마다 살아 숨쉬는 것 같아요. 그리고 입안에 퍼지는 담백하면서 달콤한 뒷맛……. 환상이에요!”

아직 요리 맛을 잘 모르는 장세라와 달리 바깥에서 제법 맛있는 맛집을 탐방했던 장세아는 눈을 감고 황홀함에 빠졌다.

“이걸 민이가 만들었다고?”

“그러겠죠. 둘 중의 하나는 민이가 만들었으니 우리가 먹고 있는 거잖아요.”

“대단해! 내 태어나 처음 맛보는 정통 토마토 스파게티 맛이야!”

맛의 고향인 전라도 전북이 본가인 강영자 여사.

음식 맛에 있어서는 까다로워 웬만한 맛에는 놀라지 않는데 눈을 동그랗게 뜨고 감탄을 터뜨렸다.

“민이 이 녀석……. 도대체 못하는 게 뭐야?”

요리 결과는 세 모녀에게 중요하지 않았다.

자신들의 집 옥탑방에 거주하는 강민이 엄청난 요리 실력을 소유했다는 것만으로 놀라움을 갖기에 충분했다.

“천재… 들 정말 재수없어. 이렇게 모든 걸 잘하면 우리들은 뭐해 먹고살라는 거야?”

장세라가 자신의 입에서 살살 녹는 스파게티에 괜한 심통을 부렸다.

“엄마는 어느 쪽이 맛있는 거 같아요?”

“민이가 어떤 걸 만들었는지 몰라도 승부는 정확해야 가치가 있는 법. 난 오른쪽에 있는 스파게티가 더 맛있었다.”

“저도 그래요. 뭐랄까, 입안에 스파게티가 들어갈 때 토마토 농장에서 갓 수확한 토마토를 먹는 기분이었어요. 재료 고유의 식감이 하나하나 느껴졌어요.”

“민이 오빠가 만든 건 아니겠지?”

“아마 그럴걸? 아무리 천재라 하더라도 요리에 식신이 붙지 않는 이상 세계적 쉐프와 어떻게 실력을 나란히 하겠니?”

“아쉽지만 평가하고 오자. 그래야 빨리 밥을 먹을 수 있지.”

“네……”

스파게티를 맛본 세 모녀는 자리에서 일어났다.

그리고 스티커 판이 있는 곳으로 향했다.

“정말 맛있지?”

“어쩜 이런 맛이 스파게티에서 나올 수 있을까?”

“다음에 또 오자. 이런 맛이라면 돈도 시간도 아깝지 않을 것 같아.”

하나둘씩 시식을 마친 이들이 자리에서 일어나 스티커 판이 놓여 있는 곳으로 향했다.

“난 이쪽이 맛있었어.”

“어? 나도 그런데.”

“정말 토마토 농장에 놀러가서 맛본 스파게티였어.”

“너도 느꼈어?”

“응~ 정말 행복했어.”

사람들의 반응은 대부분 비슷했다.

오른쪽에 있던 아이보리색 접시에 놓여 있는 스파게티에 약 20여 개의 스티커가 붙었고 그 옆의 하얀색 접시 위에 있던 스파게티에는 단 세 개의 스티커가 붙었다.

저벅저벅.

“안드레아 피를로 쉐프다!”

“정말 잘생겼다!”

“아까 보고 또 봐도……. 심장이 떨려.”

“그런데 그 옆에 있는 사람은 누구야?”

“저 남자가 바로 쉐프와 대결하겠다고 나선 그 사람이야.”

“어머……. 반팔 안에 있는 저 근육 좀 봐.”

“얼굴도 남자답게 생겼어.”

“안드레아 쉐프보다 키도 크고 더 멋있는 것 같아!”

다시 모습을 보인 두 남자로 인해 뷔페 장이 술렁였다.

‘흥! 이것들아 꿈도 꾸지 마!’

사방에서 들려오는 여인들의 하트 뿅뿅 눈길에 이를 가는 장세아.

‘민아……. 넌 왜 이제 나타났니! 흑흑.’

영화배우 뺨치는 훈남 쉐프 옆에서 결코 키나 몸, 얼굴, 거기에 요리 실력까지 빠지지 않는 강민을 바라보았다.

그러면서 장세아는 막장 드라마의 한 장면처럼 피눈물을 삼켰다.

한국 고등학교 학생이 아니라면 눈 딱 감고 미친 척이라도 해보고 싶었지만 그럴 수 없었다.

제아무리 세상눈이 두렵지 않은 장세아지만 양심은 눈곱만치(!) 살아 있었다.

"그런데 누가 이긴 거야? 안드레아 쉐프 님이 오른쪽이죠?"

"그럴 거야. 아무리 흉내 내려 해도 그 맛을 어떻게 따라가?"

'그런데 진짜 승자가 누구야? 설마……'

오늘 단 하루 동안 강민에 대한 시선이 180도 바뀐 장세아.

요리뿐만 아니라 여러 가지 엄청난 능력을 선보인 강민 때문에 설마라는 말이 절로 나왔다.

씨익.

강민이 스티커 판을 보며 진하게 웃음을 지었다.

그에 반해 얼굴이 딱딱하게 굳어지는 안드레아 피를로 쉐프.

'지, 진짜 민이가!'

눈을 동그랗게 뜨는 장세아.

모두의 시선이 쉐프 안드레아와 그 옆의 멋진 남자에게 쏠리는 순간이었다.

‘사람의 입맛은 정직하다니까.’

결코 후회하지 않는 한판 승부.

나의 완승으로 끝났다.

아무리 요리를 잘한다 하더라도 마음이 담기지 않으면 그 요리는 죽은 요리.

요리를 먹어주는 이를 왕이나 귀한 손님이라 생각하지 않는 이상 안드레아는 나를 이길 수 없다.

한국 요리의 특성인 정과 시간은 타국 요리라 해도 다르지 않았다.

“이 스파게티는 누가 만드셨습니까?”

매니저가 긴장된 얼굴로 나에게 물었다.

매니저의 시선은 스티커가 많이 붙어 있는 스파게티를 향해 있었다.

파바밧.

사람들의 시선 또한 나에게 모아졌다.

‘안드레아 피를로……’

아예 눈을 감고 초탈한 사람이 된 듯한 태도의 안드레아 요리사.

이 같은 결과가 눈앞에 나타나자 할 말이 없을 것이다.

머릿속을 스치고 지나가는 수많은 생각들이 그를 지배하고 있을 것이다.

이 사실이 알려지면 대한민국, 아니 전 세계적으로 망신을 당해 다시는 자신의 이름을 걸고 무엇을 할 수 없게 될 게 뻔하다.

"그 스파게티는……."

입을 다물고 서 있는 안드레아 피를로 쉐프 덕에 내가 직접 나서야 했다.

사실을 알고 있는 통역관의 얼굴은 시커멓게 변해 있었다.

안드레아 피를로와 함께 숟가락을 놓아야 할 입장에 놓인 통역관.

'그러게 왜 일을 키워.'

자신의 요리 철학으로 신의를 저버리고 오만함을 떨다 얻게 된 오늘 이 순간.

사소한 고집 하나가 가져온 무서운 결과였다.

세상은 눈에 보이는 신들보다 성격 까칠한 보이지 않는 신들이 더 많다고 했다.

이 역시 설악산 양 도사께서 말씀해 주셨다.

"민아……."

어느새 가까이 다가온 세아 누님.

큰일도 아닌데 걱정 가득한 눈길로 나에게 마음을 쓰고 있는 게 느껴졌다.

'그럼 시작해 볼까.'

이런 자리가 낯설고 유쾌하지 않았다.

통쾌할 정도의 복수자리는 아니었다.

그저 좀 더 발전할 수 있는 요리사가 오만에 빠진 것에 대한 경고 차원이었다.

충분히 자신이 만든 요리로 먹는 이들을 즐겁게 해 줄 재능 있는 사람.

그 재능을 갖고 태어난 안드레아 피를로 수석 쉐프.

나는 심호흡을 한 번 했다.

"안드레아 피를로 쉐프 님이 조리하신 스파게티입니다!"

조용하지만 힘주어 뱉은 나의 한마디.

"역시!"

"와우! 쉐프 님!! 진짜 맛있었어요!"

짝짝짝짝짝짝.

당연한 결과라고 받아들여졌다.

안드레아 피를로 쉐프가 만들었다는 말에 박수 소리가 사방에서 쏟아졌다.

자격을 갖춘 자가 맛있는 음식을 만들었다는 사실에 감명을 받은 사람들의 자연스러운 마음의 발로.

"흥! 이름도 없는 사람이 어디서!"

"그러게 말이야. 보아하니 이런 특급 호텔에 어울릴 만한 폼도 아닌데……."

'헐, 이 아줌마들 봐라.'

나에 대해서 갑자기 험담이 쏟아졌다.

화장발에 옷발에 겉모습만 있어 보이는 몇몇 아줌마들.

"아줌마 그 말 취소하세요!"

'엥?

더 이상 사건을 치고 싶지 않아 입을 다물고 있을 때.

갑자기 버럭 하고 소리를 지르는 맑고 고운 목소리 하나.

'세라?'

놀랍게도 세아 누님이 아닌 세라가 아줌마들을 향해 도끼눈을 부릅뜨고 째리는 모습이 눈에 들어왔다.

"우, 우리가 무슨 말을 했다고 그래! 학생."

"맞아! 아직 학생 같은데 세계적 명성의 안드레아 피를로 쉐프에게 그렇게 대들면 안 되지! 바쁘신 분 붙잡고 이게 무슨 짓이야!"

"맞아! 반반하게 생겨가지고 믿는 구석이라도 있는 거야!"

약 사십대 후반으로 보이는 몰상식한 아줌마들이 세라를 몰아세웠다.

"우리 민이 오빠는 한국 고등학교 학생이거든요! 그리고 아이큐도 175에 5개 국어, 아니 이탈리아까지 6개 국어를 할 수 있단 말이에요! 아줌마들 아들 중에 이렇게 잘난 아들 있어요!!"

강하게 쏘아붙이는 장세라.

"하, 한국 고등학교……."

"음……."

한국 고등학교라는 말과 아이큐, 6개 국어에 신음을 흘리며 얼굴을 붉히는 교양없는 아줌씨들.

'와오!'

세라의 느닷없는 우리 민이 오빠라는 말에 갑자기 가슴이 훈훈했다.

게다가 입이 양쪽으로 찢어지려 했다.

새침데기 같았던 세라의 입에서 나온 우리 오빠라는 말.

그리고 관심없는 듯했지만 무한 관심을 보인 나에 대한 칭찬들.

투둑.

그때 내 어깨를 가볍게 두드리는 손길.

'안드레아 피를로……'

안색이 좋지는 않았지만 파란 눈동자 가득 감사함을 담고 나를 바라보는 수석 쉐프.

"그라지에 몰또."

대단히 고맙다고 속삭이듯 말하는 안드레아.

씨익.

나는 조용히 살짝 미소를 지어 보였다.

예상보다 괜찮은 이탈리아 남자.

"쁘레고~"

천만에라는 표현을 써 그의 부담을 덜어주었다.

덥썩.

'크헉!'

갑자기 나를 격하게 껴안는 안드레아 피를로.

'아저씨! 난 공산당보다 남자가 더 싫어요!!'

나는 차라리 세아 누님이나 세라가 이런 식의 포옹을 해주었다면 얼마나 좋았을까 하는 생각을 하며 뜨겁게 외쳤다.

오늘 베라 황에 이어 두 번씩이나 거친 남자의 숨소리를 들었다.

내 인생에서 지워버리는 게 맞겠지만 뭔가 마음속에서 훈훈하게 일어나는 감정 하나.

두 남자의 품에 안긴 사실이 인생에 있어 나쁜 것만은 아닌 듯하다.

『마스터 K』 제2권에 계속…

NOMEN

노멘

이영균 장편 소설

**억울한 누명으로 인한 감옥살이 1년.
직장, 친구, 애인도… 모두 떠나 버렸다.**

911테러 이후, 극비리에 진행된 프로젝트,
그리고 그 결과물, 슈퍼컴퓨터 HAL8999

대한민국의 평범한 청년 동범과
인류가 만든 최고의 컴퓨터에서 깨어난 존재의 만남.

Nomen est omen 이름이 곧 운명!

**인류의 미래를 가르는 사건은
이 우연한 만남으로부터 시작되었다.**

Book Publishing CHUNGEORAM

만능서생
萬能書生
FANTASTIC ORIENTAL HEROES
임영기 新무협 판타지 소설

CASTLE OF ANOTHER WORLD

강한이 장편 소설

이계마왕성

FUSION FANTASTIC STORY

『이계만화점』의 작가 **강한이**가 돌아왔다.
그가 전하는 신개념 마왕성의 이야기!

가족을 잃고 더부살이로 받던 설움을 떠나
서울로 상경해 우연히 얻은 셋방
그곳 지하실에서 채빈의 불행한 인생이 뒤엎어진다!

이계마왕성!

그곳에서 배워라, 지혜가 되리라! 그곳에서 얻어라, 내 것이 되리라!
마왕이 아니다. 마왕성을 이용하는 현대인일 뿐.

마왕성의 사나이, 그가 이제 날아오른다!

Book Publishing CHUNGEORAM

유행이 아닌 자유추구 -
WWW.chungeoram.com

ORIENTAL FANTASTIC STORY

김대산 新무협 판타지 소설

心劍誌
심 검 지

꼬물거리는 새끼 용(龍) 한 마리!
작고 희미한 검 한 자루!
순박한 산골 소년의 마음속에 심어지고 만 그것들이
지금 조금씩 자라나고 있다!

김대산! 그의 아홉 번째 이야기!

"한 자루 마음의 검을 다듬어내니
천지간에 베지 못할 것이 없도다!"

Book Publishing CHUNGEORAM

유행이 아닌 자유추구 -
WWW. chungeoram.com